Fue ayer y no me acuerdo

Fue ayer y no me acuerdo

ALFAGUARA

FUE AYER Y NO ME ACUERDO

2010, Santillana USA Publishing Company
2023 NW 84th Avenue
Doral, FL 33122

ISBN: 978-1-61605-090-0

Cubierta: Juan José Kanashiro

Primera edición: marzo 2010

Published in the United States of America
Printed in Colombia by D'vinni S.A.

12 11 10 1 2 3 4 5 6 7 8 9

Fue ayer y no me acuerdo

Lo que ahora recuerdo

Esta novela la escribí en 1995 en el séptimo piso de un edificio de la isla de Key Biscayne, con vista al mar sosegado que la circunda.

Cuando la escribí, estaba casado con Sandra y nuestra hija Camila había nacido en Washington hacía un año o poco más y Sandra estaba embarazada de una niña, Paola, que nació en Miami en junio de 1995.

Como estaba casado y era padre de familia y venía en camino una hija más, me sentí obligado a trabajar por las noches en la televisión de Miami para pagar las cuentas familiares. Pero durante el día, obstinado con ser un escritor contra viento y marea, me encerraba en un pequeño estudio del departamento y escribía esta novela, a pesar de que mi hija Camila me tocaba la puerta con frecuencia y me pasaba por debajo los dibujos que me hacía para que la quisiera más.

Digamos entonces que escribí esta novela en un ambiente familiar y feliz. Irónicamente, me salió una novela triste, desdichada, melancólica e infeliz, y no sabría explicar por qué ocurrió tal cosa.

Lo que dio origen a la novela fue el recuerdo de los años en que fui adicto a la cocaína en el Perú: 1986, 1987, 1988 y 1989. Quería escribir el diario íntimo de un cocainómano. Quería recrear en la novela el hundimiento en la miseria física y moral que experimenté esos años, el descenso a los infiernos cuando aspiraba cocaína los fines de semana y los días de semana también.

También avivó el fuego de esta novela el recuerdo de una mañana de 1986 en la que me registré en el hotel Country y tomé un frasco de somníferos y traté de suicidarme, por lo visto sin éxito.

Quería escribir la historia de un joven confundido, perdido, autodestructivo, en un país confundido, perdido, autodestructivo como era el Perú de aquellos años. Quería contar la historia de un joven intoxicado de cocaína y dispuesto a matarse en un país decadente y sin futuro del que huían todos los que podían.

Ese joven es Gabriel y se parece bastante a Joaquín Camino y quizá esta novela salió muy pronto y se la confundió con *No se lo digas a nadie* o pareció la segunda parte de aquella novela. Yo no soy bueno para juzgar racionalmente las cosas que escribo. Solo sé que en mi primera novela no había descrito la montaña rusa que es la vida de un cocainómano y que las dos obsesiones que me precipitaron a escribir esta novela fueron el recuerdo de la cocaína y el recuerdo de mi suicidio fallido, es decir, el recuerdo de los años en que Joaquín Camino se rindió y se convirtió en un Gabriel cocainómano y autodestructivo, y decidió que en un país que había elegido suicidarse como el Perú parecía oportuno acatar ese mandato colectivo y matarse con cada raya de cocaína y en cada cápsula hipnótica que tragó aquella mañana en un hotel de San Isidro.

Ese Gabriel enganchado a la cocaína, atormentado, autodestructivo, suicida, podría entenderse como el Joaquín Camino que perdió la batalla y regresó al Perú y decidió hacerse mierda en un país que se hacía mierda año tras año. En ese sentido, esta novela no puede disociarse de mi primera novela y, en cierto modo (aunque yo no era consciente de ello al escribirla), una trajo la otra, una se desprendió de la otra, Joaquín y Gabriel son la misma persona en distintos momentos, Joaquín más joven e idealista, Gabriel más estragado y escéptico, son el recuerdo de lo que fui o de lo que no pude ser, son las batallas ganadas y perdidas y las noches insomnes con la nariz sangrante de tanta cocaína de alta pureza y las mañanas suicidas tragando pastillas para terminar con la pesadilla de ser yo mismo en aquel país espantoso, terrorífico que era el Perú de aquellos años.

Hace poco me pidieron en la editorial que leyera la novela y la corrigiera. Leyéndola con abrumadora vergüenza, encontré tantas páginas lastradas por la cursilería, la chapucería y la impericia narrativa, que pensé que la única manera rigurosa y honesta de corregir esta novela era suprimiéndola por completo y no publicándola más, porque, en conjunto, me parecía un mamarracho. Pero la editorial me hizo saber que esa no era una opción y que alguna versión corregida y digamos mejorada de la novela debía salir. Sería inexacto decir que metí tijera a la versión original: la verdad es que la cercené con un hacha y lo poco que quedó en pie es lo que, con suerte, si tienen paciencia y compasión, leerán enseguida.

Esta no es en modo alguno una novela de la que me sienta orgulloso. Su versión original me parece deplorable. Quiero creer que esta versión masivamente podada y despojada de ripios y cursilerías y con un final distinto no llega a calificar como una buena novela, pero quizás pasa como una novela bastante menos mala que la que perpetré tan felizmente acompañado en 1995 en la isla de Key Biscayne, en un edificio añoso llamado The Sands, por cuyos jardines caminaban los cangrejos más grandes que he visto nunca (y de ello puede dar fe mi hija Camila, que con año y medio se topó con un cangrejo colosal y lanzó un alarido que todavía puedo escuchar).

Lima, enero de 2010

A Daniela Gandolfo, Carlos Gómez,
Paul Barclay y Carlos "Barin" Montoya,
grandes amigos de los viejos tiempos.

Uno

La primera vez que aspiré cocaína fue en casa de Matías. Era un treinta y uno de diciembre. Matías me había invitado a una fiesta de año nuevo.

Había conocido a Matías en la universidad. Era, por así decirlo, mi mejor amigo. Tenía veintiún años; yo, veinte.

Matías era muy atractivo: corta estatura, pelo negro, facciones de modelo, mirada cínica y cuerpo musculoso de chico que va al gimnasio. Yo no sabía que me gustaba, solo sabía que me gustaba estar con él.

Matías vivía con sus padres en una casa de La Planicie. Sin ser millonarios, vivían bien. Su mamá se la pasaba en la cama, enferma. A duras penas podía caminar.

Matías ya había probado coca con Lucho, su hermano mayor. Lucho era oficial de la marina. Vivía en la escuela naval.

En vísperas de la fiesta de año nuevo, Lucho le regaló unos gramos de coca. La conseguía en La Punta, cerca de la escuela naval.

Yo vivía en un hostal frente al parque El Olivar. Mi cuarto no tenía más de cuatro cosas: una cama, una mesa con mi máquina de escribir, un televisor y unas sillas en el balcón. Todas las mañanas me subían el desayuno y el periódico.

Estaba peleado con mis padres. No quería verlos. Me había marchado de su casa con quince años. Viví con mis abuelos. Cuando conseguí un trabajo y comencé a ganar dinero, me mudé al hostal.

Trabajaba en la televisión. Entrevistaba a los políticos. Salía muy serio. Hablaba con palabras rebuscadas. Ponía cara de *cuando-sea-grande-quiero-ser-presidente.*

Gracias a la televisión me hice conocido en Lima, pude ahorrar dinero, me compré un Fiat Brava usado y me mudé al hostal.

Matías no trabajaba y por eso solía estar corto de plata. Matías vivía para las fiestas. Todos los fines de semana tenía al menos una fiesta. No sé cómo se las ingeniaba para hacerse invitar a las mejores fiestas. Podía ser una boda, un cumpleaños, la inauguración de una discoteca o la despedida de alguien que partía a estudiar al extranjero: él siempre estaba allí.

Rara vez me invitaba a sus fiestas. Prefería ir con Micaela, su chica. Micaela también estudiaba en la universidad. Era preciosa. Cierro los ojos y la veo: el pelo rubio y enrulado, los ojos verdes, una sonrisa irresistible. Cierro los ojos y la veo en su overol de jean, masticando un chicle, caminando apurada porque sus clases estaban por comenzar.

Ese treinta y uno de diciembre Matías me llamó al hostal y me preguntó qué planes tenía. Le dije que ninguno. Me dijo que no fuese tan ahuevado, que me pusiera las pilas. Me invitó a una fiesta en La Planicie, en casa de los Bertello.

—Es un caserón. Los Bertello cagan plata. Va a ser una fiesta de putamadre.

Le pregunté si lo habían invitado. Me dijo que sí, que era amigo de una de las chicas Bertello, que podíamos entrar sin problemas.

—Anímate, Gabriel. Van a estar las mejores hembritas de Lima.

Me animé, más por él que por las chicas. Quedamos a las nueve en su casa. Hasta entonces, mis noches de año nuevo habían sido bastante tranquilas, salvo una, cuando estaba en el colegio: salí sin permiso en el carro de mis abuelos, di vueltas por Miraflores, compré una botella de whisky, me emborraché en el malecón y terminé chocando con un carro estacionado frente a un cine.

No fue difícil escoger mi ropa para la fiesta de año nuevo. Tenía un solo terno: azul, cruzado, con cien horas de televisión encima.

Estaba un poco gordo. No hacía ejercicios. Desayunaba cien panes con mantequilla. Almorzaba pastas infinitas en una pizzería de la calle Libertad. Y de noche comía un par de sánguches en el Silvestre o un pollito a la brasa en el Mediterráneo Chicken.

Envidiaba el cuerpo de Matías. Matías iba al gimnasio todos los días. Levantaba pesas, dos horas levantando pesas, y hacía cientos de abdominales.

Me di una ducha, me puse el terno azul y manejé hasta su casa. El Fiat Brava corría rico. Lo manejaba tan rápido como podía. Prendía la radio y corría. No me dejaba pasar por nadie. Creo que no manejaba tan mal. Solo había chocado una vez, entrando al parque El Olivar: no alcancé a ver a un VW que salió de una calle angosta, logré frenar, le di un golpe y se fue de frente contra un árbol. El VW terminó bastante maltrecho. Mi Fiat quedó abollado, pero no le pasó gran cosa.

Me gustaba que la gente me reconociera en la calle, parar en un semáforo y que alguien me pasara la voz desde el carro de al lado. Me sentía importante. Luego aceleraba y me sentía más importante.

Esa noche, la última del año, llegué a las nueve a La

Planicie. Matías me abrió la puerta. Estaba descalzo, con el torso desnudo. Solo tenía puesto un pantalón corto. Le gustaba estar así, exhibiendo sus músculos.

Sus padres se habían ido a Paracas y su hermano, a un campamento en la playa. Estábamos solos. La casa, siendo bonita, no era una mansión. Era de un solo piso, con una terraza para hacer parrilladas y un jardín ideal para jugar fútbol.

Matías salió a la terraza y se puso a levantar pesas. Le gustaba hacer ejercicios a mi lado. Era como decirme *mira mis músculos, admírame, ya quisieras tener mi cuerpo, Gabrielito.*

Me senté a mirarlo. Envidiaba su cuerpo, pero aún no era consciente de que también lo deseaba. Nunca me había tocado pensando en él. Cuando me tocaba, pensaba en mujeres.

La noche estaba fresca. Provocaba andar con el pecho descubierto. Me quité la camiseta y levanté unas pesas.

Cuando terminó su rutina de ejercicios, Matías fue a ducharse. Me quedé echado en su cama leyendo *El Gráfico.* Nos encantaba esa revista de fútbol. Nos sabíamos de memoria las alineaciones de los mejores equipos argentinos.

Nunca había visto a Matías desnudo. Nunca había pasado nada sexual entre nosotros. Éramos amigos. Se suponía que nos gustaban las chicas y solo las chicas.

Matías salio del baño con una toalla en la cintura, sacó un terno de su clóset y lo llevó al cuarto de planchar. Yo fui detrás de él. Han pasado los años, pero puedo verlo planchando su traje, el pelo aún mojado, la toalla en la cintura. De pronto dejó la plancha, me miró con una mirada promisoria y dijo:

—Tengo una sorpresa, Gabrielito.

Fuimos a su cuarto, abrió un cajón, sacó un sobre y me lo enseñó.

—La rica coca —dijo, sonriendo—. Cinco gramos de coca purita.

Mojó un dedo con saliva, tocó la coca, la probó con la lengua.

—Purita —dijo—. Lucho no falla. Consigue la mejor coca de Lima.

Era tan blanca y brillante que parecía azúcar. Era la primera vez que veía cocaína.

—¿La probamos? —sugirió.

—Nunca he probado —dije.

—Es riquísima. Te pone las pilas. Con unos tiritos vas a gozar la fiesta.

Sacó su brevete, recogió un poco de coca, lo acercó a su nariz y aspiró.

—Ahora tú —me dijo, y me dio su brevete.

Traté de imitarlo. Aspiré. No sentí nada, solo un cosquilleo en la nariz.

Matías dejó la coca encima de su cama. Después fuimos a que siguiera planchando su terno, ahora con más energía, una y otra vez, tratando de dejarlo sin una arruga.

La coca me bajaba a los labios, a los dientes, a la garganta. La lengua se me puso inquieta, los dientes como anestesiados. Me sentí bien, lleno de vitalidad, optimismo y confianza en mí mismo.

Matías terminó de planchar. Regresamos a su cuarto y aspiramos más coca.

Recién la había probado y ya sabía que me gustaba. En diez minutos me hizo sentir otra persona. Me sentía más listo, más fuerte, más seguro.

Matías se vistió de espaldas a mí. Sin que se diera cuenta, le miré el culo. Luego, ya vestido, entró al baño con una corbata y trató de hacerse el nudo, pero no le salió.

—¿Me ayudas? —dijo.

Pasé al baño, me paré frente a él y traté de hacerle el nudo. Fue rico sentir su aliento, tener un pretexto para rozarle el cuello.

No me salió el nudo al primer intento.

—Por atrás es más fácil —dije, y me puse detrás de él y traté de hacerle el nudo pasando mis brazos sobre sus hombros.

—Suave, Gabrielito, no te pases —dijo, con una sonrisa maliciosa que vi en el espejo.

Me provocó besarle el cuello. Me concentré en el nudo. Salió bien.

Matías se puso el saco y metió la coca en el bolsillo. Salimos de la casa y subimos a mi carro.

—Vamos por Micaela —dijo.

Puse la radio y aceleré. Había bastante tráfico. La gente salía a festejar. Lima se alborotaba. Corría coca en las mejores fiestas. Micaela no vivía lejos, vivía con sus padres en Camacho. Matías subió el volumen de la radio y cantó lo poco que sabía de esas canciones en inglés. Al llegar a casa de Micaela, aspiramos coca. Luego prendí la luz interior, nos miramos en el espejo y nos limpiamos la nariz.

—No la vayas a cagar —me advirtió Matías—. Ella no sabe nada.

Luego tocó el timbre y esperamos. A Matías no le gustaba entrar a esa casa. Se llevaba mal con la mamá de Micaela. La señora decía que era un malcriado, que no la saludaba como correspondía, que no era un buen partido para su hija. Matías decía que era una vieja aguantada porque no se la tiraban bien.

Micaela se había puesto un vestido negro. Sonreía. Parecía una chica feliz. Tenía todo lo que necesitaba para ser feliz: unos padres que la adoraban, una linda casa, un novio guapo, excelentes notas en la universidad. Besó a

Matías en la boca (un beso seco y corto) y me dio un beso en la mejilla.

—Están guapísimos —dijo.

Matías no dijo nada. Era duro con las mujeres y se jactaba de serlo. No trataba bien a Micaela. Decía que a ella le gustaba que la tratasen así.

—Te queda lindo ese vestido —le dije a Micaela.

—A ti ya no te creo nada, Gabriel —me dijo ella, con una sonrisa—. Tú siempre me dices lo mismo.

Era verdad: siempre que podía, le decía que estaba linda. Matías me miró de manera burlona, como diciéndome *eres un sobón, Gabrielito, así nunca vas a tener hembrita, tienes que aprender a castigarlas.*

Subimos a mi carro. Cualquiera hubiera pensado que Matías iba a sentarse atrás, que le cedería el asiento delantero a Micaela. Pero no, se sentó adelante sin decir nada y ella subió atrás, resignada.

Fuimos a la fiesta callados, escuchando la radio. Se notaba que Micaela tenía ganas de conversar, pero Matías puso el volumen más alto y cuando ella decía algo, él no le hacía caso. Estaba haciendo su papel de duro. Me estaba enseñando cómo tratar a una chica.

Manejé rápido. Micaela me pidió que fuese más despacio. Dijo que le daba mareos ir tan rápido.

—¿Estás con la regla o qué? —le dijo Matías, con una sonrisa burlona—. Es año nuevo, Micaela. Ponte las pilas.

Hacían una pareja atractiva, pero peleaban a menudo. Ella era una chica muy bondadosa, incluso un poco ingenua. Parecía orgullosa de que Matías fuese su primer novio. Parecía quererlo de verdad. Él, en cambio, era un cínico. Era evidente que le tenía ganas, pero no era tan claro que estuviese enamorado de ella.

Matías me había contado que Micaela todavía era

virgen. Decía que la había acariciado en las tetas y allí abajo, entre las piernas, pero que ella aún no quería hacer el amor, le daba miedo llegar hasta el final. Matías alardeaba de tener experiencia con mujeres. Decía que lo había hecho por primera vez a los trece años, cuando él y su hermano Lucho forzaron a una empleada de sus padres, y que desde entonces había tenido sexo con muchas amigas de su hermano.

Llegamos a la fiesta. Entramos sin problemas. Era una fiesta notable, con la orquesta de moda y tragos de primera. Estaba tan atropellado por la coca que ya quería ponerme a bailar. No conocía a nadie. Casi toda la gente era mayor que nosotros.

Nos sentamos a una mesa alejada de la orquesta. Matías llamó a un mozo y se sirvió un whisky. Yo también me serví uno. Necesitaba tomar algo. Tenía una pelota en la garganta. No sabía que la coca y el trago se necesitaban tanto.

Matías miraba a todo el mundo como si fuese el dueño de la mansión. Tenía actitud de millonario. Se sentía el más rico, el más lindo, el más deseado. Y en cierto modo lo era, o lo parecía.

Micaela estaba linda con su vestido negro y su pelo suelto. Tomando una piña colada, se burlaba de las chicas que pasaban cerca de ella: *qué feo su vestido, parece una cortina; ¿han visto las piernas de camote que se maneja esa ballena?; qué escote para descarado, mejor que se saque las tetas al aire.*

Micaela era muy coqueta y tenía problemas con las chicas lindas y coquetas como ella: no las podía ver, las detestaba naturalmente.

Matías y yo íbamos al baño cada media hora. Él controlaba el tiempo. No se le pasaba ni un minuto. Cuando se cumplía media hora, decía *voy a achicar*, es decir, iba a mear. Micaela se reía. Le gustaba que su novio hablase así, como un chico malo, de barrio.

No íbamos juntos al baño para no despertar sospechas. Matías regresaba con su mejor cara de inocente, como si con él no fuese la cosa. Micaela no parecía sospechar nada. Supongo que asumía que los hombres meaban mucho más que las mujeres. Después, Matías me pasaba la coca por debajo del mantel, sin que ella se diera cuenta. Yo la escondía y no podía aguantar más.

—Ya vengo.

Siempre había gente en el baño. Solían ser las mismas caras: tipos hablando de política, de mujeres o de negocios, todos estaban metiéndose coca. Las cosas más interesantes de la fiesta se decían en el baño; había muchas conversaciones animadas.

Nadie me hablaba en el baño. Eran tipos demasiado ricos y poderosos como para dejarse impresionar por un chico que había salido en la televisión hablando con palabras difíciles y entrevistando a los políticos de moda.

Sin mirar a nadie, me metía al cuarto del inodoro, cerraba la puerta y, para despistar a los suspicaces, me bajaba el pantalón y me sentaba.

Las primeras líneas de coca me levantaron el ánimo. Las que aspiré después, me mantuvieron bien arriba. Desde niño había sido tímido y esa noche descubrí que la coca me daba fuerzas colosales para vencer la timidez.

No salía del baño sin mirarme discretamente la nariz. A veces quedaba algún rastro visible de coca. Lo limpiaba con agua y regresaba a la mesa.

Cuando la fiesta se animó, Matías salió a bailar con Micaela. Yo tenía ganas de bailar, y no porque me gustase bailar, sino porque tenía tanta coca adentro que necesitaba moverme.

Matías y Micaela bailaban bien, sobre todo ella, que se movía con inocencia y coquetería. Parecía que las piñas coladas la habían animado o desinhibido.

En algún momento en que Matías fue al baño, bailé con Micaela. A esa hora casi todos estaban bailando. No faltaba mucho para que fuesen las doce.

Micaela me tenía cariño, pero no me miraba con ganas. Yo tampoco la miraba con ganas. La admiraba, no la deseaba.

Gracias a la coca sentí que no bailaba mal, que me gustaba bailar.

De pronto, Micaela se encontró con su prima Andrea, que estaba bailando cerca. Le pasó la voz, la saludó con un beso y nos presentó.

—Andrea, Gabriel.

Me pareció simpática. Más bien baja, delgada, el pelo corto y una mirada lista, despierta, inquieta.

Andrea se sentó con nosotros, tomó un par de tragos y me sacó a bailar. Bailábamos y nos reíamos. No sé de qué nos reíamos. Creo que ella se reía de mi manera de bailar. En un momento me dijo que bailaba como Bosé, y no supe si eso era un elogio o una crítica.

A medianoche la gente se abrazó, se besó, tomó más champán y se deseó feliz año. Micaela me abrazó y me dijo al oído:

—Ojalá este año encuentres enamorada, Gabriel.

Ella era así, muy cariñosa conmigo.

Seguí bailando con Andrea. Me pareció que nos habíamos caído bien. Ella no había notado que yo estaba excitado por la coca. Era una chica inocente, como su prima.

Matías me sorprendió cuando dijo que tenía que ir a su casa. ¿A su casa, a la una de la mañana, cuando la fiesta estaba en su mejor momento?

—Voy a agarrarme a Micaela —me dijo al oído.

Le ofrecí mi carro. Me dijo que prefería caminar, pues su casa quedaba cerca de allí.

Luego nos dijo a Andrea y a mí:

—Ya volvemos. Vamos a caminar un poco.

Micaela no tenía buena cara. No quería irse de la fiesta. Pero Matías quería irse con ella, y ella probablemente sabía que si se negaba, terminarían peleando, y no quería pelear en la fiesta de año nuevo.

Con Matías también se fue la coca. Me quedé solo con Andrea. Andrea quería seguir bailando y yo quería más coca. Era imposible conseguir coca en esa fiesta. No conocía a nadie. No me atrevía a pedir un par de líneas en el baño.

Mientras conversaba con Andrea, me dediqué a tomar un whisky tras otro. Ya no me sentía tan despierto, con tanta lucidez. Ahora estaba medio borracho. Nunca había tenido buena cabeza para el trago.

Cuando Matías y Micaela regresaron, yo estaba borracho. Lo primero que hice fue pedirle coca a Matías.

—Ya no hay —me dijo en voz baja—. Se acabó.

Sentí que estaba mintiendo, que ya no quería invitarme.

Micaela estaba molesta. Matías le dijo para ir a bailar, pero ella dijo que no tenía ganas, así que él se fue a bailar con Andrea.

—Gabriel, ¿me puedes llevar a mi casa? —me preguntó Micaela.

Habló como si estuviese a punto de llorar.

—¿Qué te pasa? —le pregunté.

—Nada. Quiero irme.

—¿Y Matías?

—No me importa. Es un cretino.

Cuando Matías y Andrea regresaron de bailar, Micaela les dijo que yo la llevaría a su casa. Matías nos miró con una sonrisa indiferente, como si no le importase, y se fue a buscar un trago. Micaela hizo un gesto de rabia, como diciendo *lo odio, ¿qué se cree el muy estúpido?* Andrea dijo que ella nos acompañaba.

Manejé despacio. Estaba borracho. Micaela se sentó a mi lado. Iba callada, odiando a Matías. Andrea iba atrás cantando las canciones de la radio.

Cuando llegamos, bajé y acompañé a Micaela a la puerta de su casa.

—¿Qué pasó? —le pregunté.

Temía que ella hubiese descubierto que habíamos jalado coca toda la noche.

—Mejor no te cuento —dijo ella—. Matías es un estúpido. Cuando se pone así, te juro que lo puedo odiar.

Me dio un beso en la mejilla, me dijo *gracias* y entró a su casa. No sé si estaba llorando.

Andrea seguía cantando con la radio a todo volumen. Había tomado varios tragos y era año nuevo y había que estar felices. Quería volver a la fiesta. Pero yo le dije que no quería volver porque había tomado demasiado. En realidad, no quería volver porque Matías ya no quería darme coca, y sin coca, la fiesta no me interesaba.

Andrea dijo para ir a dar una vuelta por ahí.

—¿Por dónde? —le pregunté.

—No sé —dijo ella—. Por ahí.

Por ahí era un lugar que uno podía imaginar: por ahí, por la Costa Verde, por ahí cerca del mar, por ahí donde la gente detenía sus autos para besarse y acariciarse en la oscuridad.

Andrea era atractiva, no tanto como Micaela, pero bonita y graciosa. Solo me molestaba que fumase: fumaba demasiado, debió haber fumado una cajetilla o más aquella noche.

No quise ir a la Costa Verde. No tenía ganas. Me parecía vulgar. Terminamos en mi cuarto del hostal. No sé si ella tenía ganas de quitarse la ropa, pero yo no. Yo estaba borracho y solo pensaba unas pocas cosas: la coca me había encantado, Matías era un cabrón porque no había querido invitarme más, Micaela era un amor, Andrea hablaba demasiado y apestaba a cigarro.

Nos quitamos los zapatos y nos sentamos en el balcón. Estábamos borrachos. Andrea me hablaba de su ex enamorado. No hablaba de él con cariño. Yo ciertamente hubiese preferido estar sentado con Matías y un poco de coca.

Me recliné, miré al cielo, pensé que las noches con coca eran mucho mejores. Andrea se puso a mi lado y me besó.

Nos besamos mientras amanecía. No sentí nada, solo su aliento de fumadora y ganas de irme a dormir.

Cuando traté de acariciarle las tetas, me dijo que ya era tarde, que la llevase a su casa.

La dejé en su casa, regresé al hostal y me pasé el primero de enero sin poder dormir.

Dos

Fumé marihuana por primera vez en La Honda. Era verano, La Honda era una playa privada al sur de Lima, era privada porque solo podían entrar quienes tenían casa allí y sus invitados.

Los papás de Micaela tenían casa en La Honda, allí nos reuníamos los veranos Micaela, su hermana Fátima, su hermano Santiago, Matías, Sammy, Rosario, Lucas, Miguelito y yo. Todos estudiábamos (es un decir) en la universidad Católica.

Micaela era la más linda de la playa: el pelo crespo y rubio, los ojos verdes, la sonrisa inocente y sin embargo prometedora, inquietante. Su hermana Fátima era rubia y muy delgada, mujer de pocas palabras. Su hermano Santiago era muy flaco, el pelo negro y enrulado, el pecho como de murciélago, las piernas endurecidas por tantos partidos de fútbol en la arena.

Matías se sentía el más listo, el más coqueto, el más sexy de la playa. Sabía que tenía un cuerpo regio y que todas las chicas (y algunos chicos) se derretían por él.

Sammy era flaco, rubio y velludo, muy alto, y siempre estaba sonriendo, por los porros o por su puro espíritu risueño. Era un gran jugador de fútbol. Perdiendo pelo aceleradamente, habilísimo con los números y el dinero, era muy querido por todos. ¿Quién no quería a Sammy en Lima o en esa playa al sur de Lima? Sammy era una leyenda de la amistad, la buena música y los porros que siempre sabía invitar.

A Rosario todos le mirábamos el culo: las mujeres, porque lo envidiaban; los hombres, porque lo deseábamos. Pero Rosario era mucho más que su glorioso, espléndido e inolvidable culo: era brillante y encantadora. Primera de su clase en el colegio, primera de su promoción en la universidad, gran talento matemático, era una mujer sagaz, astuta, de poderosa y penetrante inteligencia. Hablabas cinco minutos con ella y sabías que iba a llegar lejos, por lo menos lejos de Lima.

Al buen Lucas lo recuerdo siempre detrás de Rosario: se derretía por ella, no podía evitarlo ni disimularlo. Sin ser bonito, era atractivo a su manera, era flaco y fuerte porque hacía deporte. En su cara se veían huellas de algo que debió de ser viruela; no eran marcas notorias, apenas unas asperezas en las mejillas. Era encantador y, como Rosario, el gran amor de su vida, muy diestro con los números.

Miguelito, también conocido como el Chamán, se distinguía por ser un notable jugador de fútbol. Nariz de gancho, pelo de escoba, sonrisa de bacán de esquina, muchacho noble y empeñoso, daba la vida por un buen partido de fútbol en la arena o en cancha de cemento o césped.

Los papás de Micaela vivían separados y no solían ir a su casa de playa. Era mejor para nosotros. Nos sentíamos más libres.

Matías y Micaela dormían juntos en La Honda. Aunque oficialmente no eran enamorados, Lucas y Rosario también dormían juntos. Y era evidente que el Chamán y Fátima se tenían ganas: a veces se quedaban solos en la casa y uno podía suponer que no estaban jugando Monopolio o Risk.

Volviendo a la rica marihuana: el gran Sammy fumaba cantidades industriales. Un sábado en la noche me pidió que lo acompañase a comprar cigarros a Pucusana. En La Honda no había una bodega. Si querías comprar algo (una cocacola, papel higiénico, cigarros), tenías que manejar hasta Pucusana.

Fuimos en su VW del año. Sammy manejaba rápido y bien, una música excelente saliendo por los parlantes de alta fidelidad. En Pucusana compramos cigarros, cocacola familiar, Chizitos y chocolates. A Sammy le encantaban los Sublimes. Al regreso, comiéndose uno, me preguntó:

—¿Nos fumamos un troncho?

No me atreví a decirle que nunca había fumado marihuana.

—Hecho —dije.

Sonrió con unos ojos achinados y brillosos que lo delataban como avezado fumador. Avanzábamos por los arenales de regreso a La Honda. La música sonaba fuerte, bien. Sammy sacó un porro. Lo mordió de un extremo y lo prendió del otro. Aspiró varias veces. Retuvo el humo. El olor a marihuana invadió el carro. Olía rico.

Después de dar varias pitadas, me pasó el porro. Fumé, tragué el humo y lo retuve. No pude contenerlo. Boté el humo, tosiendo. Tosí bastante.

Le devolví el porrito a Sammy, que estaba riéndose.

—Pareces principiante, Chino —dijo.

Creo que se dio cuenta de que estaba fumando mi primer porro, pero no dijo nada al respecto. Sammy era muy delicado, nunca decía algo que pudiese molestarte. No llegamos a fumar todo el porro. Sammy lo apagó a la mitad y lo guardó en una cajita de fósforos.

—¿Qué tal? —me preguntó.

—Buenazo —le dije.

Sentí que había gritado. De pronto escuchaba todo más fuerte: la música, la voz de Sammy, el motor del carro, el silbido del viento.

Tenía la garganta irritada. Tenía sed, mucha sed. Necesitaba una cocacola helada. Sammy detuvo el carro y apagó las luces.

—Tengo que echar una meadita —dijo.

Bajamos. No hacía frío. Las estrellas brillaban en el cielo. Sammy se bajó la bragueta y meó en la arena. Yo me quedé ahí parado, mirando el cielo.

—Qué rico es mear así, al viento —dijo, cuando terminó y se subió la bragueta.

No traté de mirarlo ahí abajo. Estaba demasiado oscuro y lo hubiese molestado.

—¿Estás estón? —me preguntó.

—Un poco —le dije y sentí de nuevo que había gritado.

—Estás chinazo —dijo él y se rió.

Subimos al carro. Puso la música a todo volumen. El VW sonaba como una discoteca. Sammy manejó rápido. Yo estaba tan distraído que no hubiera podido manejar.

A lo lejos se veían las luces de la base militar. Meses atrás, unos soldados de la base se habían emborrachado y habían disparado hacia las casas de La Honda. Nadie había salido herido, pero quedaron las marcas de los disparos en varias casas del malecón.

—Tengo una sed nazi —dijo Sammy.

—Yo también —dije.

Abrí la cocacola familiar y fue como una explosión. Terminé bañado en cocacola. Sammy se rió.

—No te pongas bruto, pues, Chino —me dijo

Tomamos de la botella. Aunque la cocacola estaba tibia, fue un alivio refrescar la garganta.

Cuando llegamos a la Honda, Sammy cuadró el carro, sacó una gotas y se echó un par en cada ojo con destreza. Luego me pasó las gotas.

—Échate un poco, Gabrielito. Estás chinazo.

Me eché varias gotas pero ninguna cayó en mis ojos. Sammy se rió de mi torpeza. Luego me ayudó: acercó el frasquito de plástico y me echó un par de gotas. A pesar de que parpadeé, logró meterme las gotas.

Bajamos del carro riéndonos por nada, simplemente riéndonos. Entramos a la casa. Se había armado una gran fiesta. Todos estaban bailando. Nadie bailaba oficialmente con nadie, pero Lucas bailaba muy cerca de Rosario, Matías lejos de Micaela, castigándola, y el Chamán no perdía de vista a Fátima. Santiago, el hermano de Micaela, bailaba solo, con los ojos cerrados, en trance.

Sammy y yo también nos pusimos a bailar, cada uno por su lado. Sentí que estaba bailando pésimo, que nadie bailaba tan mal como yo. Rosario se me acercó y se puso a bailar conmigo. Bailaba lindo. Movía el culo sabiendo que el suyo era el mejor culo de la fiesta. Bailamos mirándonos, sonriendo. Después, el celoso de Lucas se metió entre nosotros y me robó a su chica.

Fui a la cocina a tomar algo. Me moría de sed. Estaba sudando. Me encontré con Matías: estaba solo, bajándose un trago.

—¿Qué tienes, compadre? —me preguntó—. ¿Por qué tienes esos ojitos de corvina?

Me jaló la oreja suavemente, como haciéndome cariño. Le gustaba hacerme eso.

—Me cago de sed —dije.

Me serví una cocacola con hielo.

—¿Has fumado un troncho? —me preguntó.

—Ajá.

—Invita.

—No tengo. Pídele a Sammy.

—Mal amigo —dijo, y fue a buscar a Sammy, que estaba bailando con Micaela.

Tomé más cocacola y fui al baño. Prendí la luz. Meé. Me miré en el espejo. Tenía los ojos rojos, hinchados. Sonreí. Me sentí muy gay. Nunca me había sentido tan gay como esa noche.

Tres

Matías y yo le decíamos *Villita*. Todos le decían Villa. Villa era una playa grande, de mar bravo y sucio, a la salida de Lima, apenas a quince minutos en carro por la autopista al sur. Para llegar había que bordear unos pantanos en los que de vez en cuando aparecía un cadáver.

Si uno estaba en Lima y quería ir a la playa, podía bajar a la Costa Verde, al pie de Miraflores, pero la Costa Verde tenía un mar inmundo porque ciertos desagües morían allí, contaminando el mar con toneladas de caca humana. Si uno quería ir a una playa más tranquila, no muy lejana y no tan contaminada, Villa era una buena opción.

Villa tenía un mar peligroso, mucha gente se había ahogado allí, reventaban olas muy grandes al fondo en ese mar furioso, de corrientes traicioneras, que si te descuidabas te podía arrastrar hasta adentro, ahí donde las olas cortaban como cuchillos.

Yo había visto gente ahogarse en Villa.

De niño iba los fines de semana con mis padres y me sentaba a esperar al ahogado. Miraba a los que se metían más al fondo, deseando que los jalase la corriente hasta la reventazón, para que entonces viniesen los salvavidas en sus truzas negras a rescatarlos. Me encantaba el espectáculo de los salvavidas entrando al mar a la carrera, sacando a los bañistas en peligro, dándoles respiración boca a boca en la orilla. Era lo más divertido de ir a Villa.

Una vez vi cómo se ahogaron dos chicas. Las sacaron muertas. Botaban agua espumosa por la boca. Su mamá se desmayó.

Otra vez vi cómo el mar se tragó a un hombre de piel oscura. Tanto lo revolcaron las olas, que cuando el mar lo escupió, el pobre tipo había perdido su ropa de baño y tenía el sexo morado.

Mi tío Quique estuvo a punto de ahogarse en Villa, a pesar de que conocía bien ese mar. Solía meterse hasta adentro, pasando la rompiente. Yo escuchaba decir que Quique era maricón, pero había que ser bien hombre para pasar nadando la reventazón de Villa. Una vez se quedó atrapado donde caían las olas, y yo veía su cabeza calva que salía y entraba en el agua, y estaba seguro de que se iba a ahogar, pero por suerte los salvavidas lo rescataron con vida. En el camino de regreso a la casa, mi padre comentó *Dios le ha dado una señal a Quique para que deje de ser maricón*. Mi madre estuvo de acuerdo.

Yo nunca entraba mucho al mar de Villa. Apenas me daba un par de zambullidas en la orilla. Mis primos se metían bien adentro con sus tablas para correr olas. Yo prefería quedarme sentado en la arena, mirándolos, pensando *ahorita les cae un olón encima y se rompen las tablas y se joden por idiotas.*

Siempre le había tenido respeto al mar y, entre todos los mares, al de Villa en particular.

Matías también era prudente en Villa. Sabía que en el mar había huecos donde de pronto perdías el piso, que la corriente te podía arrastrar sin que te dieras cuenta.

Íbamos bastante a Villa. Era verano. Estábamos de vacaciones en la universidad y hacía calor en Lima.

Yo solía llegar a casa de los padres de Matías a la hora del almuerzo. Casi siempre había sol en La Planicie, incluso si en San Isidro y Miraflores el cielo estaba encapotado. El almuerzo que más frecuentemente servían era arroz con pollo y papas doradas y una limonada helada.

La mamá de Matías se sentaba con nosotros, pero no comía. A pesar de que estaba muy enferma, se reía con las bromas de su hijo. Al terminar de almorzar, Matías anunciaba que tenía que ir al baño:

—Voy a darles de comer a los chilenos.

Su mamá se reía cada vez que escuchaba esa barbaridad.

Tan pronto como Matías salía del baño, nos despedíamos y enrumbábamos a Villita. No llevábamos toallas, bronceador, paletas ni sandalias, solo nuestras ropas de baño y un poco de marihuana. Nos metíamos al Fiat y salíamos a toda velocidad.

El Fiat corría bien. Mientras yo entraba a las curvas haciendo chirriar las llantas, Matías bajaba la ventana, se miraba en el espejo y cantaba lo que ponían en la radio. Me gustaba verlo contento, en ropa de baño.

Nunca fumábamos marihuana antes de llegar a la autopista. Nada más entrar a la carretera, Matías prendía un porrito. Fumábamos la mitad y guardábamos la otra para la playa.

Yo solo daba unas toques para ponerme alegre. Si fumaba mucho, me ponía tonto. Matías fumaba más que yo. Tenía mejor cabeza para la marihuana.

No llevábamos gotas. No nos importaba que nos viesen con los ojos hinchados.

Una vez, camino a Villa, pasamos un carro lleno de chicas y Matías me pidió que bajase la velocidad y lo dejase pasar. Bajé la velocidad, las chicas nos pasaron y él me dijo:

—Ahora acelera. Pásalas de nuevo.

Cuando estábamos pasándolas, Matías se bajó la ropa de baño y sacó el culo por la ventana. Vi por el espejo que las chicas se reían. Matías era un payaso.

Al llegar a Villa, corríamos hasta la carretilla de la señora Ponciana, una mujer gorda que sonreía a pesar de su pobreza. Ponciana nos vendía bebidas heladas. Yo pagaba siempre, era muy raro que Matías tuviese plata. Después íbamos a jugar fútbol con los salvavidas. Los salvavidas nos esperaban con una pelota, listos para el gran partido. Ya se había hecho costumbre jugar con ellos. Un día nos pasaron la voz para jugar y, desde entonces, el fútbol se había convertido en ley de Villita. Jugábamos dos contra dos, ellos contra nosotros. Eran dos tipos morenos, musculosos, que corrían por la arena como si tuviesen un motor 4x4 en el culo. Se llamaban Elmer y Zoilo.

Matías y yo jugábamos bien, pero ellos lucían un estado físico impresionante. Parecían tractores. Arrasaban con nosotros. Siempre nos ganaban.

Nunca me había divertido tanto como jugando fútbol esas tardes en Villita.

Después, Elmer y Zoilo se iban a correr por la playa, incansables, y nosotros nos metíamos al mar. Estaba bueno meterse al mar helado después de jugar fútbol.

Saliendo del mar, Ponciana nos vendía más bebidas. Éramos sus mejores clientes.

A esa hora, media tarde, había muy poca gente en Villita. Matías y yo nos sentábamos en la arena, prendíamos los restos del porro y terminábamos de fumarlo. Era rico fumar en silencio, viendo cómo reventaban las olas.

Las palabras sobraban. Matías, la marihuana y Villita me hacían feliz. No importaba que el Perú se fuese a la mierda, yo solo quería estar con Matías. Todavía no sabía que en el fondo lo deseaba y que allí, en Villita, me estaba enamorando: una corriente traicionera me estaba jalando sin que yo me diese cuenta.

Cuatro

Puntos les decíamos a los lugares donde comprábamos marihuana. Eran dos: el parque Torres Paz, en Barranco, y la calle La Mar, en Miraflores. Matías me había enseñado que en esos lugares vendían buena hierba. Yo siempre iba con él, no me atrevía a ir solo.

Primero íbamos a Torres Paz. Matías decía que era menos peligroso y vendían mejor marihuana. Solíamos ir de noche, era más seguro.

Torres Paz era un parque decadente y sombrío en la entrada de Barranco. El ambiente era siempre parecido: parejas besándose en las bancas, perros chuscos merodeando en busca de rastros de comida, niños corriendo tras una pelota, vendedores de drogas parados en la puerta de la bodega, tomándose una cerveza.

Cuadrábamos en una esquina del parque, apagábamos las luces y hacíamos una señal de luces. Nunca bajábamos del carro. Matías decía que era mejor quedarse adentro, con el motor prendido, por si había que salir corriendo.

Los vendedores sabían lo que hacían. Solían ser tipos demacrados, obesos, maltratados por la vida. Les veías las caras y podías suponer que habían estado presos o que terminarían presos. No sabíamos sus nombres ni queríamos saberlos. Tras nuestra señal, un vendedor se acercaba y se paraba al lado del carro. Yo me quedaba callado. Matías hablaba. Lo único que había que discutir era el precio.

—¿A cuánto el tamal?

Un tamal era un paquete de marihuana envuelta en papel periódico. De un buen tamal podían salir ocho o diez porros. No todos los tamales eran iguales. Unos venían gordos, con una marihuana fresca, rojiza y olorosa, esos eran los mejores. Otros venían más delgados y resecos, bastaba verlos para saber que no eran gran cosa.

Después de acordar el precio, el vendedor volvía por la marihuana y nosotros lo esperábamos en el carro. Los vendedores no llevaban la marihuana en sus bolsillos. La escondían en un callejón a media cuadra del parque, supongo que para cuidarse de la policía. El vendedor volvía caminando con aire distraído, miraba a un lado y al otro, asegurándose de que no hubiese policías a la vista, sacaba la marihuana y se la daba a Matías, quien, al mismo tiempo, le entregaba la plata.

—Gracias, choche.

—Suerte, causita.

Enseguida salíamos manejando despacio para no llamar la atención. Ese era el momento más tenso: ya teníamos la marihuana y si algún policía nos había visto, estábamos jodidos. Miraba por el espejo a ver si nos seguían. Una cuadra más allá, pisaba a fondo el acelerador. Por suerte, nunca nos detuvo la policía.

Mariano Pérez del Solar, un amigo de la universidad, no fue tan afortunado como nosotros. Un día fue a Torres Paz y le compró marihuana a un policía vestido de civil. Para evitar que lo metiesen preso, tuvo que ir a su casa con el policía y darle toda la plata que tenía, unos quinientos dólares. El policía no quería llevarlo preso, lo que quería era sacarle plata. No se contentó con los quinientos dólares: lo llevó a un cajero automático y lo obligó a sacar todo lo que tenía en su cuenta. El pobre Mariano quedó arruinado.

No siempre conseguíamos marihuana en Torres Paz. A veces no encontrábamos vendedores. Cuando tal cosa ocurría, había que ir a La Mar. La Mar era una calle pobretona, de comercios baratos, en Miraflores. La recuerdo llena de huecos, carros viejos y ómnibus echando humo.

En esa calle, la operación era diferente. Allí los vendedores llevaban las drogas en sus bolsillos y la venta se hacía dentro del carro. Parabas en una esquina, subía el vendedor, seguías manejando y la transacción se hacía dentro del carro. A mí me daba miedo, porque el vendedor podía ser un policía, y si lo era, ya lo tenías metido en el carro.

Por suerte nunca subió un policía. Creo que tuvimos buen ojo, porque más de una vez, viendo acercarse a un vendedor con el pelo corto y la barriga abultada, Matías y yo nos miramos y dijimos:

—Ni cagando, este es policía.

Y arrancamos sin dudarlo.

Después de comprar marihuana, había que conseguir el papel para armar los porros. Eso era lo más fácil. Lo vendían en librerías, bodegas y licorerías. Yo pagaba todo. Matías casi nunca tenía plata. Hacíamos los porros en mi cuarto del hostal o en la casa de sus padres. A veces, si teníamos muchas ganas de fumar, armábamos uno en el carro. Pero era mejor hacerlo con calma: sacar las pepitas, los palitos, la basurita, así el porro quedaba limpio, sin ripio, y era más rico.

Matías escondía los porros en su cuarto, yo nunca los llevaba conmigo.

En casos de emergencia, si no conseguíamos marihuana en los puntos habituales, siempre estaba Sammy como último recurso.

Sammy solía tener una marihuana de primera. No la compraba en la calle. Se la vendían unos amigos judíos que la sembraban en sus casas.

Sammy era muy generoso. Jamás nos vendió marihuana. Siempre que le pedíamos, nos regalaba un par de porros y hasta salía a fumar con nosotros. Gran tipo Sammy, nos sacó de apuros más de una vez.

No me acuerdo cuándo fue la última vez que fumé marihuana. Debió de ser en Buenos Aires, con Luisito, creo que fumamos y me entró mi fase Annie Lennox y George Michael cantando «Miss Saravejo».

Hace años no voy a Torres Paz. He pasado por la calle La Mar, ahora atestada de restaurantes de lujo, pero ya no reconozco a los vendedores de antes, esos flacos que vivían deprisa y tenían toneladas de marihuana en la mirada.

Cinco

Para Matías, la siesta era una religión. Cuando volvíamos de Villita, se daba una ducha y se echaba a descansar.

Nos duchábamos juntos, a él le gustaba así, yo no me hubiese atrevido a meterme en la ducha con él, fue él quien me lo sugirió.

Matías tenía un cuerpo estupendo. No veías grasa, solo músculos. Tampoco era exageradamente musculoso, como esos adictos a los anabólicos que se pasan el día entero en el gimnasio. Matías era muy atractivo y él lo sabía. Para él, ducharnos no era un juego sexual, era solo una prolongación de nuestra amistad.

A mí me encantaba verlo en la ducha, duro, mojado y jabonoso.

Encontrábamos la manera de ducharnos sin tocarnos. Uno se metía el agua, mientras el otro, a un paso, se jabonaba.

Solo una vez me pidió que le jabonase la espalda. Fue muy rico pasar mi mano por su espalda. Después me jabonó la espalda, lástima que lo hizo tan rápido.

Fue en esas duchas después de Villita cuando me di cuenta de lo mucho que me gustaba el cuerpo de Matías, de lo mucho que me provocaba acariciarlo.

Hasta entonces nunca me había duchado con un amigo. Mi experiencia sexual podía resumirse así: tres intentos fallidos de tener sexo con prostitutas y besuqueos de año nuevo con Andrea. Es decir, no había tenido una relación sexual con nadie. Fue Matías quien despertó mi sexualidad, primero en las duchas y luego en las siestas en casa de sus padres. Dormíamos en calzoncillos, en su cama. Hacía calor. Dejábamos las ventanas abiertas. Apenas nos tapábamos con una sábana delgada. Matías usaba calzoncillos ajustados, de colores enteros: blancos, negros, celestes. Su cama era de plaza y media. Cada uno tenía su lado. Después de conversar cuatro cosas, nos dábamos la espalda y nos quedábamos dormidos. Por lo general, él se dormía primero.

Una vez ocurrió que Matías se volvió hacia mí. Lo sentí detrás de mí. Me moví hacia él, fingiendo que dormía. Se acercó más. Ahora su sexo tocaba mis nalgas. Sentí cómo se le fue endureciendo. No me abrazó ni me acarició. Solo puso su sexo ahí, detrás de mí, y lo fue moviendo muy despacio. Yo también comencé a moverme, insinuando que me gustaba. Luego, sin decirme nada, se bajó el calzoncillo y me lo bajó a mí también. Sentí su sexo duro frotándose atrás de mí. Fue muy rico. No me atreví a voltear y mirarlo. Fue como un juego, como si estuviésemos dormidos. No trató de metérmela. Solo la frotó hasta que me manchó con un líquido calientito. Luego se dio la vuelta y siguió durmiendo.

Después de aquella tarde, las siestas nunca más volvieron a ser lo que eran. Con el pretexto de que estábamos medio dormidos, él se acercaba por detrás, me bajaba el calzoncillo y frotaba su sexo en mis nalgas. Yo no decía nada. No lo tocaba ni me tocaba, solo lo sentía presionándome.

Esto ocurrió varias tardes hasta que un día me atreví. Matías estaba frotándola en mi culo cuando volteé, se la vi grande y dura y le dije:

—¿Quieres que te la chupe?

—Mejor no —dijo.

Me dolió. Le di la espalda. No pude dormir.

Desde esa tarde, Matías no volvió a frotarme su sexo por detrás. Nos echábamos en la cama y él se quedaba dormido y yo no podía dormir. Me inquietaba que estuviese tan cerca de mí. Me acercaba a él, rozaba sus piernas, me provocaba tocarlo, chupársela. Se lo pedí una vez más. Me volvió a decir que no:

—Mejor nos dejamos de mariconadas, Gabriel. Acuérdate que estoy con Micaela.

Era verdad. Ahora sí, oficialmente, era el novio de Micaela. Pero casi no hablaba de ella ni parecía estar enamorado, parecía como si prefiriese estar conmigo, o al menos eso me gustaba pensar a mí.

Las siestas continuaron, pero los juegos sexuales se terminaron. Matías no volvió a buscarme por detrás y yo no me atreví a decirle nuevamente que quería chupársela. Por lo demás, nunca se habló de eso. Fue como si no hubiese pasado nada.

Si bien Matías no llego a metérmela en esas siestas de verano, sí se metió en mi cabeza. Me quede pensando en él. Y cuando me masturbaba, lo veía desnudo, abrazándome, haciéndome el amor.

Seis

Probablemente en aquellos años el mejor fútbol de Lima se veía de noche en el Carmelitas. Jugaban verdaderos artistas de la pelota, famosos futbolistas de los equipos peruanos. Era un espectáculo verlos hacer maravillas en un metro cuadrado. Se jugaba de noche, en una cancha de cemento grande y bien iluminada. Había partidos todas las noches, salvo los fines de semana.

Se llenaba el Carmelitas, iba mucha gente joven, chicas bonitas y chicos guapos.

Había básicamente dos tipos de público: los que iban a ver el fútbol y los que iban a verse entre ellos. Matías y yo éramos de los primeros, pero había muchos (sobre todo las chicas lindas y los chicos guapos) que se quedaban dando vueltas por el quiosco, conversando, indiferentes al partido.

Matías y yo no éramos tan malos jugando, pero el Carmelitas estaba muy por encima de nuestro nivel. Para jugar en el Carmelitas tenías que ser realmente bueno.

Antes de entrar, fumábamos marihuana. Yo cuadraba mi carro al lado de un parque, bajábamos y prendíamos un porro. No éramos los únicos que íbamos fumados al Carmelitas, tengo la impresión de que muchos otros también lo hacían.

Por supuesto, no era nuestro primer porro del día. A esas alturas ya llevábamos un par encima. Los habíamos bajado con la siesta y era mejor fumar poco para no pasarse de vueltas. Si fumábamos demasiado, nos daba sueño, un par de pitadas eran suficientes para estar relajados y apreciar el arte del buen fútbol.

El fútbol del Carmelitas era mucho más divertido y estimulante después de fumar marihuana. Nos sentábamos en una esquina, lejos del barullo, y nos reíamos viendo a los jugadores más pintorescos y admirábamos a los más inspirados. Había algunos que llamaban la atención por su cara, su cuerpo, su manera de correr o de gritar, y Matías les ponía unos apodos muy graciosos, era un experto en ponerles apodos malvados.

Había que tener cuidado con los pelotazos, a veces alguien reventaba la pelota hacia la tribuna y le caía en la cara a un espectador.

Los chicos más guapos andaban siempre dando vueltas por el quiosco, coqueteando con las chicas lindas, que también merodeaban por ahí, todas más o menos iguales: los jeans ajustados, las zapatillas importadas, la cara maquillada, todas fumando y mascando chicles y chupando chupetes y riéndose, alocadas.

El quiosco y sus alrededores eran un puterío. A nadie le importaba el fútbol: los chicos y las chicas se miraban, se buscaban, se juntaban. Los más atrevidos terminaban afuera, en el parque o en un carro, agarrando, metiéndose mano, lengua y todo. Una vez salí a la mitad de un partido, fui a mi carro para sacar algo y vi a un chico y una chica en un carro viejo, los dos en el asiento de atrás, la chica agachada, chupándosela.

Las mejores noches de verano de mi vida las he pasado en el Carmelitas. Había todo lo que uno podía pedir: gente bonita, fútbol de primera, clima fresco, ricos sánguches, y Matías riéndose a mi lado.

A veces íbamos con Dieguito. Dieguito vivía en La Planicie, cerca de la casa de Matías. Era buena gente: gordito, cachetón, muy tranquilo, escondía, sin embargo, una mirada traviesa. También estaba en la universidad con nosotros. No iba nunca. Era un vago del carajo.

Dieguito fumaba marihuana con nosotros. Se le ponían los ojos muy rojos, más que a Matías o a mí, y se reía a carcajadas de las payasadas que hacíamos.

Dieguito no tenía interés en los partidos del Carmelitas. Nunca jugaba fútbol. No hacía ningún deporte, salvo el golf, que jugaba los fines de semana en el club de La Planicie. Iba al Carmelitas con nosotros para fumarse un porro y meter vicio y escapar del mortal aburrimiento de su casa.

Cuando íbamos con él, yo dejaba mi carro en casa de sus padres y nos subíamos los tres a su camioneta. Era una Toyota blanca, de cuatro puertas, que sabía correr. Dieguito manejaba a toda velocidad, nadie lo pasaba, era un excelente piloto.

Una vez fumamos un porro bien grande entre los tres, ahí en el parque cerca del Carmelitas, y Dieguito dijo que no tenía ganas de entrar, que mejor íbamos a dar vueltas por ahí, a joder.

—Ya sé —dijo Matías, con una sonrisa cabrona—. Hay que tirar huevos.

Los chicos más jodedores tiraban huevos al Carmelitas. Uno estaba sentado tranquilamente viendo el partido cuando de repente caía una lluvia de huevos, en la cancha, en las tribunas, por todas partes, el partido se interrumpía, el público se protegía, todos mirábamos hacia arriba para ver por dónde venían cayendo los huevos. Solía ser un ataque corto y masivo: diez o doce huevos que bajaban como bombas sobre el estadio iluminado.

Matías y yo fuimos afortunados, nunca nos cayó un huevo encima, aunque un par sí cayó bastante cerca, y vimos cómo les cayeron huevos voladores a los jugadores, a las chicas del público, a la gente importante del palco de honor, que eran todos unos borrachos insignes. Cuando llovían huevos, nadie estaba a salvo.

Esa noche, en vez de comprar las entradas, subimos a la camioneta de Dieguito, una joya Dieguito, y fuimos a comprar huevos a una bodega de la Benavides. Compramos dos bolsas. Regresamos al Carmelitas. Vimos que los vigilantes estaban cuidando la puerta principal. Cuadramos el carro detrás del colegio, en una calle oscura. Escuchábamos los gritos de los jugadores, los pitazos del árbitro, los aplausos del público, era obvio que el partido ya había comenzado. Por la ubicación de los reflectores, uno podía adivinar dónde estaba el público. Dieguito apagó las luces y dejó el motor prendido. Matías abrió una bolsa, la puso en el asiento del copiloto y cada uno cogió dos huevos.

—Tiramos esta bolsa y zafamos —dijo Matías.

Había que hacerlo rápido porque los vigilantes, cuando veían volar huevos sobre la cancha, corrían para tratar de coger a las pandillas de tirahuevos.

—Una, dos, tres —dijo Matías.

Tiramos los huevos. Volaron alto, sobre la pared, y cayeron adentro, en la cancha.

—¡Huevos, huevos! —escuchamos los gritos del público.

Tiramos varios más. Escuchamos el silbido del árbitro. Cogimos los últimos y los lanzamos con fuerza. Luego nos subimos a la camioneta y Dieguito salió manejando a toda velocidad con las luces apagadas. Nos reímos como unos tontos. Fue rico tirar esos huevos, verlos volar por el cielo iluminado del Carmelitas, pensar que le habían caído en la cabeza a una chica pituca que estaba saboreando su chupete bombombún agarradita de la mano del coquero de su novio.

Dieguito manejó por Miraflores sin saber adónde ir.

—¿Qué hacemos con la otra bolsa? —preguntó Matías.

—Ya no podemos volver —dije—. Los guachimanes deben estar buscándonos.

—Hay que tirárselos a la gente —dijo Dieguito.

Eso hicimos. Dieguito se metió por una calle zigzagueante al final del parque Salazar y bordeó el malecón. Como siempre, había parejas sentadas sobre el muro de ladrillos, abrazándose y besándose, y carros con amantes furtivos estacionados al lado de la pista.

Atacamos cruelmente a los amantes del malecón. Dieguito manejo rápido mientras Matías y yo arrojábamos huevos a las parejas en el muro. Fallamos casi todos, pero Matías reventó un par de huevos en esos cuerpos oscuros al borde del acantilado.

Seguíamos riéndonos como tontos, nos sentíamos muy listos por tirarle huevos a la gente. Cuando se acabaron los huevos, regresamos a comprar más a la bodega de la Benavides. Dieguito quería bajar a tirarlos a la Costa Verde, pero yo tuve una idea.

—Vamos a casa de mis viejos.

A Matías le pareció una gran idea. Dieguito manejó hasta San Isidro, donde vivían mis padres. Yo no veía a mis padres hacía tiempo. Al parecer, estaban en la casa: los carros estaban en la calle. Dieguito apagó las luces.

—¿Estás seguro? —me preguntó.

—Seguro —dije.

Abrimos la bolsa. Nos bajamos del carro. Una lluvia de huevos cayó sobre la casa de mis padres. Unos cayeron en la pared, otros mancharon las ventanas. Cogí los dos últimos, los arrojé hacia el auto de mi padre y le manché los vidrios.

—Vamos, huevón, que tu viejo ahorita nos agarra a balazos —dijo Matías.

Subimos a la camioneta y Dieguito manejó a toda prisa. Disfruté mucho tirando esos huevos a la casa de mis padres.

—Eres una mierda —dijo Matías, riéndose.

Siete

Se llamaba Gastón. Le decíamos Tiroloco. Tiroloco era alto, flaco y larguirucho. Tenía ojeras como moretones y una nariz descomunal, y su pelo negro y rizado parecía un escobillón.

Lo conocí en La Honda. Sus padres tenían la casa más linda de la playa. Era una casa de tres pisos, moderna, espectacular. El cuarto de Tiroloco era de revista: todo perfecto, salvo él.

Tiroloco era bastante imperfecto. Una de sus imperfecciones era que le gustaba la coca. Tenía algunas otras: era feo, bailaba feo, se vestía feo, lo habían botado de la universidad, le gustaban las putas, poseía un largo historial de enfermedades venéreas.

Sin embargo, Tiroloco le caía bien a todos en La Honda. Siempre estaba riéndose. Sin duda la marihuana contribuía a su felicidad: de todos los fumadores que yo conocía, Tiroloco era el único que prendía un porro todas las mañanas antes del desayuno.

Durante el día no se quitaba los anteojos oscuros. Parecía un moscardón, un abejorro. Solo de noche podías verle los ojos. Tenía una mirada resbalosa. Jamás te miraba a los ojos.

Teóricamente, trabajaba en una compañía de su padre. En la práctica, todos sabíamos que era un vago de campeonato. Lo importante era que siempre tenía plata, coca y ganas de divertirse.

Cuando llegábamos a La Honda los viernes por la tarde, lo primero que hacíamos Matías y yo era ir a saludar a Tiroloco. Por supuesto, él ya había fumado varios porros, pero no parecía sufrir compartiendo otro con nosotros. Fumábamos en su casa, tranquilamente, porque sus padres llegaban a La Honda los sábados al mediodía.

Micaela detestaba a Tiroloco. Decía que era un malogrado, un necio, un tarado, una mala influencia para nosotros. Se molestaba cuando íbamos a verlo, pero a Matías y a mí no nos importaba, el amor por la coca era más fuerte que nuestro cariño por Micaela. Tiroloco nos invitaba toda la coca que queríamos. Siempre tenía una coca de primera. No sé cómo hacía para conseguirla, pero todos los fines de semana iba a La Honda con suficiente coca como para armar a un batallón.

Nos metíamos los primeros tiros de coca ya de noche, después de la comida, cuando las chicas se iban a dormir. Era como una ley no escrita: en La Honda no se jalaba coca de día ni con mujeres. Jalábamos en casa de Tiroloco, sentados en el balcón, frente al mar negro y calmado. Tiroloco ponía todo: las líneas de coca, el whisky etiqueta negra, los cigarros y la música, era el rey de La Honda.

A esas noches interminables de coca les decíamos *las pichangas*. Jalar coca era *pichanguearse*. Un coquero era un *pichanguero*. Tiroloco era el más grande pichanguero que he conocido. La vida para él era una gran pichanga.

Éramos siempre los mismos tres pichangueros: Tiroloco, Matías y yo. Los demás (Sammy, Lucas, el Chamán, Santi) sabían que nos armábamos con coca, pero ellos no se animaban. Yo pensaba que eran unos cobardes, unos pusilánimes. Mientras nos metíamos coca y nos secábamos el whisky del papá de Tiroloco, ellos estaban en casa de los papás de Micaela, fumándose un porrito, escuchando música o jugando algo (cartas, Monopolio, Risk, juegos de mesa).

Cuando ya estábamos bien duros, bajábamos a la playa. Era tarde, las dos o tres de la mañana. A esa hora no había nadie en la playa, todo estaba oscuro. Arriba, las luces apagadas, el malecón desierto, la gente seguramente durmiendo. No bajábamos a la playa en ropa de baño, bajábamos vestidos. Nos sentábamos en la arena y seguíamos jalando coca frente al mar, siempre hablábamos de lo mismo: chicas que nos queríamos tirar, negocios que queríamos hacer, quién se estaba agarrando a quién en La Honda.

En realidad era Tiroloco quien más hablaba. Nosotros lo escuchábamos fascinados porque se sabía todos los chismes del balneario. Además ser el dueño de la coca le daba derecho tácito a hablar más que nosotros.

Una vez, Tiroloco estaba tan duro que se desnudó ahí, en la playa, a las tres o cuatro de la mañana, y se metió al mar. Matías y yo aprovechamos su ausencia para meternos más coca. Nadie se reía, a esas alturas de la noche era imposible reírse, todos estábamos muy duros, muy serios. Hablábamos despacio, tiesos, sin alma. Tiroloco era muy blanco, huesudo y pingón. Se metió al mar y empezó a hablar solo, parecía estar hablándoles a los peces, porque repetía una y otra vez:

—Carajo, ¿no les da frío vivir acá?

En algún momento se zambulló y salió gritando como un loco:

—¡Corran, corran, corran!

Cogimos la coca y corrimos detrás de él hasta los cambiadores. Su ropa quedó tirada en la arena.

—¿Qué pasó? —le preguntamos.

—Había un huevón abajo del agua —nos dijo, temblando, el cuerpo mojado—. Me zambullí, abrí los ojos y vi a un huevón apuntándome con un arpón.

Tenía tanto miedo que no se atrevió a recoger su ropa, la dejó tirada en la arena. Subimos corriendo a su casa. Allí se vistió, aspiró más coca y regresó con una pistola.

—¿Qué haces, huevón? —le preguntó Matías.

Tiroloco le enroscó un silenciador a la pistola, salió al balcón, apuntó hacia el mar y comenzó a disparar.

—¡Muere, conchatumadre! —gritó, disparándole al mar.

Después nos quedamos más tranquilos. Tiroloco decía que si no había matado al huevón del arpón, al menos había logrado ahuyentarlo.

No fue la única vez que sacó una pistola esos viernes de juergas en La Honda. Hubo otra noche en que juraba que nos estaban apuntando desde el torreón de vigilancia de la base militar, en una playa vecina. Entonces sacó su pistola, se tiró al piso del balcón y, apuntando hacia el torreón de los militares, disparó todas las putas balas que tenía. Debió de haber apuntado muy mal porque afortunadamente no hubo respuesta.

Cuando comenzaba a amanecer, Tiroloco guardaba la coca, se lavaba la nariz con agua caliente y se iba a dormir: era un profesional de la pichanga, sabía cuándo parar la mano. Matías y yo regresábamos a casa de los papás de Micaela y tratábamos de dormir un rato. Lo mejor para dormir era fumarse un porrito. Te relajaba, te quitaba la ansiedad. Fumábamos en el malecón y nos metíamos en la cama antes de que saliese la luz, le huíamos a la luz. Dormíamos poco y mal.

Los sábados sobrevivíamos gracias a la marihuana. Fumábamos un montón de porros para aliviar la resaca de la coca. Tiroloco se pasaba el día en la playa, escondido tras sus anteojos oscuros, riéndose con todos. Me sorprendía su vitalidad. No sé cómo hacía para reírse tanto después de esas juergas del carajo: parecía el tipo más feliz de la playa.

Incluso tenía fuerzas para jugar fútbol. No jugaba bien, pero corría como una moto el desgraciado, en toda la puta playa no había un jugador más empeñoso que él. Matías y yo también jugábamos. Aunque solíamos estar golpeados por la mala noche, esos partidos en la arena solían ser muy divertidos.

A media tarde, después del partido, la playa quedaba desierta. Todos subíamos a dormir la siesta. La casa de Micaela tenía muchos cuartos, y cada cuarto, dos camarotes, así que siempre sobraban camas.

Los sábados por la noche seguíamos jalando coca, pero ya no en casa de Tiroloco, porque habían llegado sus padres. Después de comer, Tiroloco, Matías y yo caminábamos hasta el final del malecón y nos sentábamos en un pequeño mirador en las rocas, sobre el embarcadero. Era un sitio muy agradable. Había poca luz, veías el horizonte, escuchabas las olas golpeando las rocas, respirabas aire con olor a mar. Tiroloco sacaba la coca y se armaba la pichanga. Jalábamos en seco, sin trago. No era una buena idea: nos poníamos duros bien rápido y a mí se me hacía una pelota en la garganta.

Tiroloco cambiaba mucho de humor cuando tenía coca dentro. Se ponía muy serio, era como otra persona, hablaba mal de sus padres, decía que estaba harto de ellos. Quería que se muriesen de una vez porque él, como hijo único, se iba a quedar con toda la plata. Matías le preguntaba de cuánta plata estaba hablando y Tiroloco nos contaba de las fábricas de su padre, las cuentas en Grand Cayman, el *penthouse* en Key Biscayne, las acciones de la bolsa: *por lo menos diez palos verdes*, decía.

Tiroloco tenía un plan para cuando se muriesen sus padres: vender todo, comprarse un departamento frente al Golf de San Isidro y vivir de los intereses, sin trabajar, vagando y juergueándose. En realidad, aunque sus padres no habían muerto, ya había logrado avanzar bastante el plan.

Una tarde estábamos aspirando coca en el mirador cuando Tiroloco se descuidó. Había dejado el paquetito de coca sobre un muro de piedras. El paquetito estaba cerrado. Solo lo abríamos para meternos tiros. De pronto vino un viento fuerte y el paquetito voló y cayó lentamente en dirección al mar, como haciendo piruetas.

—¡Mi coca! —gritó Tiroloco.

No lo dudó: se quitó las zapatillas, se subió al muro y se tiró al mar. Pensé que se iba a matar, que iba a estrellarse contra una roca. Por suerte oímos el impacto de su cuerpo al entrar al agua. Nos asomamos y lo vimos allá abajo, nadando, buscando el paquetito de coca entre las aguas oscuras. Por supuesto no lo encontró. Tuvo que subir por las rocas, congelado. Estaba temblando. Lo llevamos a su casa y se cambió de ropa. Estaba tan desesperado por conseguir más coca que se metió en su carro y se fue solo a Pucusana, allí conocía un callejón donde vendían.

No he vuelto a probar coca más rica que la que me invitó Tiroloco ese verano. Tampoco he vuelto a reunirme con él. Cuando terminó ese verano, dejamos de ir a la Honda. Muchas cosas pasaron después, perdí de vista a Tiroloco.

Sé por otros amigos que Tiroloco se ha casado; que ha tenido un hijo, Gastoncito; que sigue jalando coca los fines de semana y que sus padres gozan de mejor salud que él. Solo lo vi una vez, no hace mucho: estaba en un carro del año, recogiendo a una puta en la avenida Javier Prado, bien por él.

Ocho

La había conocido en la fiesta de año nuevo, habíamos terminado besándonos en el hostal. Era flaca, no muy alta y guapa o distinguida, era Andrea, la prima de Micaela.

La verdad, yo no tenía mayor interés en ella, pero Matías decía que Andrea se moría por mí, que si no aprovechaba para agarrármela era un idiota, y yo hacía cualquier cosa para complacer a Matías, quería ser tan macho como él.

Por eso llamé a Andrea y le dije para salir. Fuimos a una discoteca. Andrea estaba bonita y coqueta. Al regreso, estacioné mi carro frente a la casa de sus padres y le pregunté lo que solía preguntarle un chico de Lima a la chica que quería tener como novia:

—¿Quieres estar conmigo?

Ella dijo que sí, moviendo la cabeza.

La besé. Sus labios sabían a cigarrillo. Luego bajó apurada y me dijo *chau*, sonriendo.

Al día siguiente le conté mi hazaña a Matías. Me felicitó, me dijo que tenía que agarrármela bien, que me la tirase sin contemplaciones y que le contase todos los detalles.

Andrea vivía con sus padres en una casa en San Isidro. El papá era alto, calvo, barrigón, buena gente. Trabajaba como gerente de un banco. La mamá era baja, narigona y chismosa. Se pasaba el día en el jardín, hablando con sus plantas, estaba medio loca la vieja.

A Andrea le gustaba que fuese a comer a su casa. Para mí no era un gran plan porque era todo muy formal y tenía que aguantar a la pesada de su vieja, que hablaba como una lora. Yo prefería que Andrea fuese a verme al hostal. Le quedaba cerca, podía ir caminando, solo tenía que inventarse una buena excusa porque sus papás le tenían prohibido ir al hostal.

Nunca agarrábamos en su casa. Era imposible. Su vieja era muy entrometida y no me quitaba el ojo de encima. Pero cuando Andrea venía al hostal nos echábamos en la cama y nos besábamos.

Andrea tenía un cuerpo bonito: flaca, tetas pequeñas, culo firme. No era linda, o no era tan linda como Micaela, pero sin duda era una chica atractiva, deseable. Una vez, besándonos, le toqué las tetas y se molestó.

—Nada de manoseos —me dijo—. No soy una puta, Gabriel. Solo podemos besarnos.

Aquella vez se fue molesta del hostal. Llamé a Matías y se lo conté. Me dijo que me pusiera duro, que le dijese a Andrea que si no se dejaba tocar, entonces peleábamos. Se jactaba de tener experiencia en el asunto.

—Todas son igualitas. Te dicen que no quieren, pero en el fondo se mueren de ganas. Ponte duro y vas a ver cómo la puta se baja el calzón.

Matías decía que así había sido con Micaela: al comienzo no se dejaba tocar, pero ahora le podía hacer de todo, salvo metérsela. A mí me gustaba imaginarlo haciéndole de todo a Micaela. Siguiendo sus consejos, me puse firme con Andrea.

—Si no puedo tocarte las tetas, entonces no podemos seguir juntos —le dije.

Ella se puso a llorar, estábamos en el balcón de mi cuarto.

—Pensé que eras diferente —me dijo, y se fue llorando.

Matías me aconsejó que no la llamase, que esperase, que ella iba a regresar. Así ocurrió. Andrea vino al hostal, me abrazó y susurró en mi oído:

—Está bien, pero solo las tetas, ¿ya?

Nos echamos en la cama, nos besamos, metí mi mano debajo de su camiseta y le toqué las tetas. Aunque ella se resistió un poco, terminé sacándole el sostén y besándoselas como Matías me había contado que hacía con Micaela. Creo que Andrea lo disfrutó. Para mí no fue gran cosa.

Andrea no sabía que yo fumaba marihuana y aspiraba coca. Yo no le contaba nada de eso, ella era muy inocente, nunca había probado drogas, solo fumaba cigarros y tomaba tragos de vez en cuando.

Había dos cosas que me molestaban de ella: fumaba mucho (y tenía por eso un aliento desagradable) y hablaba demasiado. También me molestaba el necio de su hermano Juan, de quince años. Juan estaba en el colegio. Era flaco, rubio y muy tonto, pero se las daba de listo. Pero lo que más me molestaba de Andrea era que no me daba mayor placer agarrar con ella. Eso no se lo contaba a Matías, por supuesto. Sí le había contado que las tetas de Andrea ya eran mías.

Matías me dijo que aún faltaba lo más difícil: *abajo, la chucha, la conchita rica*. Tenía que ponerme duro y ella terminaría cediendo. Si no dejaba que le metiese la pinga, no importaba, pero al menos tenía que meterle el dedo.

—Si no le mides el aceite, eres un huevón.

Una noche, después de ir a una discoteca, Andrea y yo terminamos en el hostal. La besé. Como tenía aliento a cigarrillo, preferí besarle las tetas. En algún momento me acordé del consejo de Matías y le acaricié las piernas y fui subiendo. Ella trató de detenerme y yo le toqué el calzón y traté de meterle el dedo, pero ella se alejo de mí.

—No —dijo, indignada—. Eso sí que no, Gabriel.

—No te la voy a meter —le dije—. Solo quiero tocarte.

—Ni hablar —dijo ella, acomodándose el sostén—. Olvídate. Yo quiero llegar virgen al matrimonio.

—Solo quiero tocarte —insistí—. No vas a perder tu virginidad.

Ahora estaba vestida, de pie, buscando su cartera.

—Entonces peleamos —le dije, furioso.

Pensé que ella iba a llorar, que terminaría cediendo de nuevo, pero me sorprendió.

—¿Sabes qué? —me dijo—. Ándate a la mierda. Eres un pisado de Matías. Haces todo lo que te dice. No tienes personalidad. Perfecto, peleamos. Y no me llames más. Eres un pobre diablo, Gabriel. Vete a la mierda.

Salió del cuarto y tiró la puerta. Me quedé muy impresionado. Era la primera vez que una mujer me decía eso: *eres un pobre diablo, vete a la mierda.*

A la mañana siguiente se lo conté a Matías. Se rió, me felicitó, me dijo que no me preocupase, que en unos días iba a regresar arrepentida y se iba a dejar manosear ahí abajo. Pero Andrea no volvió a llamar. Un día la llamé por teléfono. Me contestó su mamá, me habló con una voz muy seca.

—No está —me dijo—. Y hazme el favor de no llamarla más, hijito.

Luego cortó.

Así terminó mi relación con Andrea. No he vuelto a verla. Sé que se ha casado, que tiene dos hijos y que vive en Lima. No debe tener un buen recuerdo de mí. Cuando pienso en ella, me acuerdo que le olía la boca a cigarrillo.

También me acuerdo del día que le conté a Micaela que había peleado con su prima Andrea.

—Por fin, ya era hora —me dijo—. Andrea es una estreñida de lo peor.

Nueve

Seguíamos de vacaciones en la universidad, estaba acabando el verano, pronto comenzarían las clases. Matías sugirió irnos de viaje a alguna parte. No le dimos muchas vueltas: Cusco sonaba bien. Estaba claro que yo iba a pagar todo. Matías dijo para ir con Micaela. Estuve de acuerdo, Micaela era un amor, no me molestaba invitarla. Me gustaba jugar a ser millonario. No tenía mucha plata, pero al lado de Matías, que andaba siempre corto de plata, me daba aires de ricachón.

Micaela se puso muy contenta cuando la invitamos. Dijo que se moría de ganas de ir a Cusco. Sus papás le dieron permiso para viajar. Ella les mintió, les dijo que era un viaje con un grupo de amigas de la universidad. Compré tres pasajes en avión para el Cusco. Antes de viajar, Matías y yo conseguimos marihuana. Fuimos a Torres Paz y compramos hierba como para un mes. Después nos encerramos en su cuarto a hacer los porros. Salieron como cincuenta, llenamos dos cajetillas de Marlboro, él se quedó con una y yo guardé la otra.

Yo no tenía problemas con mi cuarto del hostal: pagaba una tarifa mensual y si me iba de viaje dejaba mis cosas ahí, era mi cuarto y no se lo alquilaban a nadie.

El día del viaje pasamos a recoger a Micaela de madrugada. Todavía estaba oscuro. Micaela salió con una mochila al hombro, se veía feliz, se subió al carro, nos dio un beso y salí manejando rápido.

Yo había pasado la noche en casa de Matías. Hicimos maletas, nos fumamos un porrito en el jardín (su papá estaba de viaje; su mamá dormía) y nos quedamos escuchando música hasta tarde (nos gustaba Sui Generis y todo Charly García).

Llegamos al aeropuerto y dejamos mi carro en el estacionamiento. Estaba amaneciendo. Matías y yo no sabíamos qué hacer con la marihuana. Le dije, sin que Micaela escuchase, que mejor la tirábamos a la basura, que nos podía coger la policía. Matías estaba tranquilo. Me dijo que no fuese tan miedoso, que no iba a pasar nada. Saqué mi cajetilla de Marlboro con los porros y se la di.

—Entonces llévala tú.

Sonrió y guardó las dos cajetillas en su maleta. Cuando salimos del aeropuerto del Cusco, las cajetillas seguían en la maleta. Me sentí mal por haber sido tan cobarde.

Tomamos un taxi y le pedimos al chofer que nos llevase a un hotel que yo conocía, cerca de la plaza de Armas. Era limpio, barato y acogedor. Por suerte tenía un cuarto libre, pero solo uno. Nos miramos.

—Por mí, no hay problema —dijo Micaela.

—Por mí, tampoco —dijo Matías.

Pagué y subimos al cuarto. Era pequeño, pero tenía su encanto: dos camas, piso de madera, balcón hacia la calle y agua caliente. Micaela llamó a casa de sus padres. Habló con su mamá, le dio el número del hotel, se quedó tranquila. Matías y yo fumamos un porro, fue la primera vez que fumamos delante de Micaela. Matías no le pidió permiso: prendió el porro, dio un par de pitadas y salió al balcón. Ella puso cara de sorprendida.

—¿Y eso? —preguntó.

—Prueba —le dijo Matías—. No hace daño. Te vas a relajar rico.

—Ni hablar —dijo Micaela—. Si fumo, me voy al diablo.

Matías me pasó el porro.

—¿No te molesta? —le pregunté a Micaela.

—Para nada —me dijo—. Es problema de ustedes. Yo no me meto.

Pensé que en algún momento del viaje se animaría a probar, pero no fue así, decía que le daba miedo fumar marihuana porque, si le gustaba, después no iba a poder dejarla.

Nunca he fumado tanta marihuana como esos días en el Cusco. Fumaba más que Matías. Me bajaba seis y hasta siete porros al día. Comenzábamos a fumar después del desayuno, y desde entonces hasta la noche, cada vez que nos sentíamos aburridos, prendíamos un troncho. Vivíamos volados, felices, riéndonos de cualquier cosa. Fumábamos en cualquier parte: en el cuarto, en alguna calle solitaria, en la esquina de una plaza, en los baños de los restaurantes. No nos poníamos gotas, tampoco nos quitábamos los anteojos oscuros.

Micaela quería ir a todas parte, pero a mí me daba flojera, yo solo quería caminar tranquilamente por las callecitas angostas y empedradas, quería fumar, comer rico y vagar por la plaza, no quería hacer expediciones hacia ninguna parte.

Los primeros días fueron así, muy relajados. Tomábamos unos desayunos descomunales (huevos fritos, pan con chicharrón, jugo de naranja recién exprimido), leíamos los periódicos sentados en una banca de la plaza, caminábamos rumbo a ninguna parte, nos metíamos en las tiendas, comprábamos tonterías (chompas de alpaca, collarines, gorros para el frío, libros raros) y, cuando nos daba hambre, nos metíamos a una pizzería cerca de la plaza donde se comía rico. Después nos echábamos a dormir la siesta. Matías y yo caíamos agotados, tanta marihuana daba sueño. Por la noche, ya descansados, pasábamos por el Café Literario, un cafetín con buen ambiente donde se reunía la bohemia local. Nos sentábamos al fondo, hojeábamos las revistas, las tenían de todas partes pero sobre todo de Cuba. Más tarde íbamos a comer. Comíamos bastante, la marihuana estimulaba el apetito, y Micaela, aunque no fumaba, tampoco se quedaba atrás, comía unas pastas gigantescas. Le gustaba un plato asesino: tallarines con un huevo frito encima. Digo asesino porque la mandaba de frente al baño (y ella feliz, pues sufría de estreñimiento). Micaela solo iba al baño cuando no había nadie en la habitación. Le daba vergüenza cagar si nosotros estábamos en el cuarto. Una vez se molestó con Matías porque llegamos al cuarto un rato después de que ella saliera de cagar y olía fuerte y él le dijo riéndose:

—Qué brava eres, Micaela. Huele como si hubieras matado a un burro.

Ella se ofendió.

—No huele nada, imbécil —le dijo—. Eres un malcriado de lo peor.

Luego salió del cuarto y se fue a hablar por teléfono con su mamá, la llamaba de la compañía de teléfonos porque costaba más barato que llamarla desde el hotel.

Yo estaba feliz fumando con Matías y vagando por las calles del Cusco. Micaela era una compañía agradable, era bueno caminar con una chica linda al lado, era sin duda la chica más linda de la ciudad.

Los problemas comenzaban por la noche. Desde la primera noche, tratar de dormir fue un sufrimiento para mí. Había dos camas pequeñas. Matías sugirió juntarlas y así estar más cómodos los tres. Eso hicimos. Dormíamos en buzo, hacía frío, el cuarto no tenía calefacción, tenías que ponerte medias o se te congelaban los pies. Matías escogió echarse en el medio de la cama. Él era así, hacía lo que quería sin pedir permiso a nadie. Micaela y yo éramos más delicados. Cada uno se echó a un lado y él se echó en el medio, no exactamente en el medio, porque era incómodo echarse justo sobre la línea divisoria, pero un poco en diagonal, con la cabeza más cerca de Micaela y las piernas más cerca de mí. Echados los tres sobre las dos camas juntas, nos quedábamos conversando sobre cualquier cosa hasta que se hacía un silencio y era hora de dormir. Yo no podía dormir, simplemente no podía, me inquietaba estar tan cerca de Matías, me inquietaba que Matías estuviese tan cerca de Micaela. Cerraba los ojos, me hacía el dormido y me los imaginaba tirando, no podía pensar en otra cosa. Solo dormía por ratos. Luego me despertaba y, discretamente, pretendiendo estar dormido, los miraba. Tenía la impresión que ellos tampoco estaban durmiendo, que esperaban a que me durmiese para acariciarse a escondidas.

A medida que avanzaba la noche, Matías se alejaba de mí y se acercaba a Micaela. Lo hacía lentamente, con sutileza, por debajo de las sábanas. Yo trataba de acercarme a él, de rozarle una pierna como pidiéndole que se juntase conmigo, que me dejase tocársela por debajo de las sábanas, pero él se alejaba, me ignoraba, buscaba el calor de su chica. Yo sufría, deseaba a Matías, le tenía celos a Micaela, sentía que me estaba robando a mi chico, me arrepentía de haberla invitado.

Una noche los pillé. Me desperté, noté que estaban despiertos, Matías estaba pegado a ella. Fingí que seguía durmiendo, seguí respirando a un ritmo parejo, tenía la cabeza debajo de la almohada. Me hacía el dormido, pero estaba espiándolos. Poco después pude ver cómo, tras quedarse inmóviles un rato asegurándose de que yo durmiese,

Matías se acercó a Micaela por detrás y comenzó a moverse tal como había hecho conmigo en las siestas del verano. Micaela también se movía y respiraba con altibajos, como excitada. De pronto él movió sus brazos debajo de las sábanas y le bajó el pantalón del buzo. No se lo quitó, solo se lo bajó un poco. Luego él se bajó el pantalón. No tenía puestos calzoncillos. Vi cómo frotaba su pinga en el calzón de Micaela. Estuvieron un rato frotándose, respirando agitadamente. Luego Matías se echó boca arriba. La tenía dura. Micaela se volvió hacia él, lo buscó con una mano ahí abajo, empezó a masturbarlo hasta que terminó. Me quedé furioso, con una erección que no cedía, no pude dormir más.

A la mañana siguiente todo cambió. Yo estaba molesto, no podía disimularlo, me quedé echado en la cama, no les hablé. Ellos se bañaron, se vistieron y me preguntaron qué me pasaba. No les contesté, ni siguiera los miré.

Estaba furioso con Matías, me parecía un manipulador, sentía que no le interesaba estar conmigo, que prefería estar con Micaela.

También estaba molesto con Micaela, estaba arrepentido de haberla invitado a Cusco, pensaba que de haber viajado solo con Matías, a lo mejor por la noche él se me hubiera acercado a mí por detrás y no a ella.

Ellos se fueron a pasear y yo me quedé en la cama. Debieron sospechar que los había visto acariciarse por la noche, no había otra razón para que estuviese molesto. Me asomé al balcón y los vi alejándose por la calle de piedras. Me eché en la cama donde habían dormido. Miré las sábanas. No había manchas, nada que los delatase. Luego abrí la mochila de Micaela y encontré el calzón que se había puesto para dormir. Olía a sexo.

Fumé un porro en el balcón. Me excité. Me hice una paja pensando en ellos, imaginándome con ellos, los tres tirando rico, Matías con Micaela, Matías conmigo, yo con

Micaela: lo que más me gustaba era imaginarlos a ellos tirando a mi lado, mirándome.

No los vi en todo el día. Los busqué en la plaza, en las calles por las que habíamos caminado, en el restaurante donde solíamos almorzar. No estaban. Tratando de olvidarlos, seguí fumando marihuana y pasé la tarde jugando Pacman en una tienda de juegos electrónicos.

No quería regresar al cuarto, no quería verlos, estaba molesto con ellos, arrepentido de haberlos invitado. No tenía razones para molestarme, pero así me sentía.

Comí en un restaurante de la plaza. Tomé demasiadas cervezas. Me emborraché. En algún momento de la noche, Matías me encontró. Lo saludé fríamente. Pareció hacerle gracia verme así: solo, borracho, intoxicado de celos. Me contó que habían ido a pasear por unas ruinas en las afueras de la ciudad, que Micaela estaba preocupada porque al regreso no me habían encontrado en el hotel. Lo ignoré, seguí tomando cerveza.

—¿Qué te pasa? —me preguntó.

—Nada —dije.

Era evidente que algo me pasaba.

—¿Por qué estás molesto? —me preguntó.

No pude contenerme más.

—Porque eres un cabrón. Haces que invite a Micaela, se van juntos y me dejan solo.

—No te dejamos solo. Tú quisiste quedarte.

—Y encima anoche te la agarras con gran concha a mi lado en la cama.

—No me la agarré, huevón. ¿De qué mierda hablas?

—Sí te la agarraste. Yo te vi. Micaela te hizo una paja.

Matías tomó un trago y me miró con poco cariño.

—Bueno, y si me la agarré, ¿cuál es el problema? ¿Es mi hembrita o tu hembrita?

—Será tu hembrita, pero yo te he invitado al Cusco, no ella.

—¿Y qué quieres? ¿Que agarre contigo y no con ella?

Me miró con una mirada burlona, arrogante. Casi le dije *sí, eso quiero, que agarres conmigo y no con ella*. Pero me quedé callado, odiándolo.

—No te pongas así —me dijo, acariciando mi cabeza—. Vamos al hotel. Micaela está preocupada por ti.

—Anda tú. Yo voy más tarde.

—Mejor vamos de una vez, Gabriel. Mañana tenemos que levantarnos temprano para ir a Machu Picchu.

—No voy a ir a Machu Picchu.

Matías perdió la paciencia y se fue molesto. Yo terminé en el Kamikaze, borracho, bailando solo. Llegué de madrugada al hotel. La puerta de la calle estaba cerrada con llave. Toqué y toqué. No me abrieron. Caminé hasta la plaza, me eché en una banca y me quedé dormido.

Me despertó la luz del sol, el ruido de las cornetas de los panaderos. Me dolía la cabeza, me apestaba la boca, sentía un incendio en el estómago. Tomé un jugo. Caminé hasta el hotel. Matías y Micaela me habían dejado una nota: se habían ido a Machu Picchu, me esperaban en el albergue de Aguas Calientes.

Los odié. No fui a Machu Picchu. Me quedé durmiendo, fumando porros, leyendo los periódicos, jugando Pacman y emborrachándome en el Kamikaze.

Una noche le pregunté al tipo que atendía en la barra del Kamikaze dónde podía conseguir coca. Me dijo que lo esperase en el baño y me vendió unos gramos. Aspiré bastante coca y terminé jugando Pacman en los portales de la plaza. Batí mi récord.

Micaela y Matías regresaron a los dos días. Yo seguía molesto con ellos, pero traté de disimularlo. Me contaron que la habían pasado muy bien, dijeron que era un tonto, que debería haber ido con ellos.

Esa noche salimos a comer algo. Estuve distante, callado. Micaela estaba muy cariñosa con Matías. Pensé *aprovechando mi ausencia, deben de haber tirado rico en Aguas Calientes.*

No quise acostarme con ellos. Me fui a dar una vuelta. Los dejé solos. Terminé en el Kamikaze tomando ron barato y jalando la mala coca del gordo de la barra. Volví tarde al hotel. Estaban dormidos. Me metí en la cama. Aturdido por la coca, sentí ganas de acercarme a Matías y tocarlo y pedirle que me hiciera cosas, pero no me atreví.

A la mañana siguiente regresamos a Lima, los tres con anteojos oscuros en el avión.

Han pasado los años y aún tengo ciertas imágenes de ese viaje: Micaela, Matías y yo sentados en una banca de la plaza, riéndonos; Micaela comiendo tallarines con huevo frito; Matías y yo fumándonos un porro mientras caminábamos por una calle angosta; yo jugando Pacman lleno de coca; el sol de la tarde muriendo en mi cabeza aturdida por la marihuana; un payaso con la cara pintada contando en la plaza chistes malos de maricones; Micaela masturbando a Matías de noche, en la cama, debajo de las sábanas, y yo, con la garganta seca, viendo cómo se movía suavemente esa mano que hubiese querido que fuese la mía.

Diez

Un buen día, Matías me sugirió que me mudase a la casa de sus padres.

Me dijo que estaba gastándome una fortuna en el hostal, que en su casa había una cama vacía porque su hermano Lucho vivía en la escuela naval, que sus papás estarían encantados de tenerme un tiempo con ellos y que siempre podía regresar al hostal si no me sentía cómodo.

Me provocaba mudarme con Matías, dormir a su lado, pasar todo el día con él.

No pensé que me iba a ahogar, que mi relación con él no era sana. No pensé nada de eso. Solo sentí (era una cosa muy instintiva) que quería estar cerca de él.

Los empleados del hostal se apenaron cuando les dije que me iba un tiempo. Ceo que se habían encariñado conmigo. La dueña era una alemana mayor y, sin embargo, incansable. Gorda, rechoncha, de cachetes rojizos, no parecía contenta en el Perú. Solía decirme que estaba preocupada por la situación, que quería vender el hostal y volver a su país.

La administradora era una mujer de aspecto oriental, de ojos rasgados, muy educada. Se pasaba horas sentada frente a un televisor en blanco y negro, viendo las novelas de la tarde. Era curioso, porque a veces repetía lo que decían los personajes de las telenovelas, como si ella también estuviese viviendo esos dramas tan intensos. Cuando le conté que me iba un tiempo a casa de un amigo, se puso a llorar. Sacó un pañuelo arrugado, se secó las lágrimas y me dijo:

—Ya nada será igual sin usted, joven Gabriel.

Creo que le hubiera gustado ser actriz, pero el destino la condenó a administrar un hostal despoblado frente a un parque de San Isidro.

No fue difícil mudarme. Tenía muy pocas cosas. Llené una maleta con libros y otra con ropa. Mis libros eran casi todos de historia. Por esos días me gustaba leer sobre la historia del Perú y del mundo.

Matías me ayudó con las maletas. Parecía contento. Si no hubiera insistido tanto, no me hubiese mudado a su casa.

Cargamos las maletas, las metimos en el Fiat y manejamos hasta su casa.

Antes, me pidió que parásemos en casa de Micaela. La encontramos jugando con sus gatos, viendo televisión. Era un sábado. Sus papás dormían la siesta. Matías le contó que yo estaba mudándome a su casa. Me pareció que a Micaela le hizo poca gracia.

—¿Pero por qué te mudas, Gabriel, si en el hostal estabas tan contento? —me dijo.

No tenía cómo saberlo, nunca me había visitado, lo que le molestaba era que su novio pasase más tiempo conmigo que con ella.

—Estaba botando su plata —me defendió Matías—. En mi casa va a poder ahorrar.

—Yo no sé, ustedes sabrán —dijo Micaela, acariciando a sus gatos, con un ojo en la telenovela que no se perdía.

Matías dijo para irnos. Nos fuimos bruscamente. Él era así, cuando no estaba a gusto, se iba sin dar explicaciones.

Camino a su casa, me dijo que ya estaba harto de Micaela, que era una idiota, que era demasiado posesiva, que un día de estos la iba a mandar a la mierda. *Y encima, cuando me la quiero agarrar, se hace la estrecha la cojuda.*

La casa de los padres de Matías estaba en una calle discreta de La Planicie.

Al llegar, pusimos mis cosas en el cuarto de Matías: mis libros en sus estantes y mi ropa en su clóset; me gustó ver mis calzoncillos junto a los suyos.

No hablé de mi mudanza con sus padres. Matías me dijo que no era necesario, que ya les había hablado y estaban muy contentos. Por lo demás, el papá nunca estaba en la casa. Se iba temprano a trabajar y regresaba muy tarde. Yo lo veía rara vez. Era buena gente conmigo. Lo recuerdo con su pelo canoso, su cara de mono blanco, su cuerpo atlético, sus piernas chuecas, y siempre bromeando, riéndose.

—Estás en tu casa, Gabrielito —me dijo, cuando nos encontramos una mañana en la cocina, él apurado como siempre—. Quédate todo el tiempo que quieras.

El tipo era un experto en hacer los crucigramas de *El Comercio* (los hacía muy deprisa, como si fuesen a quitarle el periódico, y cuando los comenzaba tenía que terminarlos, no podía dejar un casillero en blanco, llenaba sin ayuda casi todo y, cuando se rendía, acudía al Pequeño Larousse). También era un gran jugador de golf, jugaba golf todos los fines de semana en el club de La Planicie.

La mamá era una mujer muy sufrida. Se pasaba el día en la cama. No podía caminar por culpa de una enfermedad en los huesos. Matías la engreía: le hacía masajes en los pies, le llevaba cafecitos y galletas a la cama, le compraba el último número de *Hola*, *Selecciones* y *Vanidades*.

Yo me preguntaba si los papás de Matías hacían el amor. Ella era una mujer contrahecha, arrugada, devastada por la enfermedad. Dieguito decía que el papá de Matías era un pingaloca, un famoso seductor de secretarias, que lo había visto una vez saliendo de un hostal de Miraflores con una chica muy atractiva.

Los papás de Matías siempre fueron atentos y cariñosos conmigo. Nunca me hicieron una pregunta de más. Nunca me preguntaron por qué no vivía con mis padres, hasta cuándo pensaba quedarme con ellos. En realidad, yo tampoco sabía hasta cuándo me quedaría con ellos.

Matías parecía contento conmigo. Era juguetón, me tomaba el pelo, le gustaba contarme sus cosas, pero hasta ahí nomás: amigos, solo amigos, nada de querer tocarlo.

Por las mañanas nos dábamos una ducha (entrábamos juntos al baño, él se duchaba primero, cuando salía, dejaba la ducha prendida y yo entraba), nos vestíamos (él solía ponerse ropa mía), tomábamos un desayuno de muchos panes con mantequilla, nos subíamos a mi leal Fiat y yo manejaba hasta la universidad Católica (era un viaje largo: por lo menos cuarenta minutos de tráfico atroz por las avenidas Javier Prado y La Marina).

La universidad era el lugar ideal para vagar. Si teníamos marihuana, fumábamos en la cancha de fulbito y terminábamos tragando en la cafetería (la marihuana nos daba un hambre brutal). Si no teníamos hierba, nos sentábamos en la rotonda a ver pasar chicas, a conversar con amigos, a perder el tiempo.

Era muy raro que entrásemos a una clase. También era raro cruzarnos con Micaela, ella vivía metida en sus clases.

A eso de la una de la tarde, nos íbamos sin ningún remordimiento por haber faltado a clases. Pensábamos que copiando en los exámenes y sobornando a ciertos profesores, no tendríamos problemas.

Los almuerzos en casa de Matías eran simples pero ricos. La empleada nos solía esperar con un pollo frito o unos frejoles con arroz o un bistec apanado. Matías comía más que yo, tenía un gran apetito. No bien terminaba, se metía al baño con *El Comercio*, una costumbre que había heredado de su padre.

La siesta seguía siendo de rigor. Dormíamos con la puerta cerrada. Matías se quitaba la ropa, salvo los calzoncillos, y se tiraba en su cama. Yo me echaba en la cama de su hermano Lucho. Era una tentación ver a Matías sobre la cama a dos pasos de mí. Yo cerraba los ojos y trataba de no pensar en él y pensaba más en él.

No me atrevía a pasarme a su cama, porque él ya me había rechazado varias veces. Cada vez que le había insinuado que lo deseaba, me había cortado con las mismas palabras:

—Ya párala, Gabriel. ¿No te das cuenta de que no soy maricón?

Las siestas me inquietaban. Matías dormía y yo lo miraba y lo deseaba. Cada vez era más consciente de que me gustaba y que no podía hacer nada por evitarlo, solo disimularlo.

Después de la siesta, íbamos al gimnasio. Matías no podía vivir sin su rutina de pesas y abdominales. Le encantaba mirarse en los espejos del gimnasio, ver cómo crecían sus músculos, poner caras de Rambo mientras levantaba una barra de cuarenta kilos por última vez, sudar a chorros con sus interminables series de abdominales. Estaba muy orgulloso de su cuerpo y se esmeraba por mantenerlo así, en espléndida forma.

Yo disfrutaba mucho de esas visitas al gimnasio, y no porque me gustase hacer ejercicios (algo que hacía con bastante pereza y desgano), sino porque era gratificante mirar a Matías haciendo ese derroche de energías y masculinidad.

Nuestras visitas al gimnasio podían resumirse así: él se miraba en el espejo y yo lo miraba a él.

No es que yo envidiase su cuerpo, no quería tener un cuerpo como el suyo, quería que un cuerpo como el suyo me deseara, me poseyera.

Al gimnasio iban chicas muy bonitas, casi todas en mallas de colores muy llamativos. Matías coqueteaba con ellas. Así se hizo amigo de una rubia pecosa y bajita que se llamaba Silvana y que también vivía en La Planicie.

Una noche, al regreso del gimnasio, Matías me dejó en su casa y me pidió prestado el carro. Desapareció una hora y pico. Cuando regresó, me contó que se había agarrado a Silvanita. La había llevado arriba, al cerro, ahí donde terminaba la pista, y se la había agarrado rico y Silvanita se la había chupado como una experta. Odié a Matías, odié a Silvanita. ¿Por qué ella se la podía chupar y yo no? Esas cosas me hacían sufrir.

Después del gimnasio, ya en casa de Matías, nos dábamos una ducha rápida y enseguida íbamos a comer. El papá nunca había llegado a esas horas, llegaba más tarde, como a las once, cuando ya estábamos acostados. La mamá agonizaba en su cama *king size* con montones de almohadas y una *Biblia* a la mano y la empleada yendo y viniendo con lo que ella le pedía por el intercomunicador. No sé cuánto sumaba la cuenta del teléfono en esa casa, pero debía de ser bien alta, porque la señora hablaba horas por teléfono. En realidad, casi todo lo que hablaba lo decía en el teléfono. Cuando colgaba, era como si se muriese un poquito, cerraba los ojos, dormitaba hasta la próxima llamada.

Al terminar de cenar, salíamos a dar una vuelta. Como el fútbol del Carmelitas había terminado con el verano, teníamos solo dos opciones: visitar a Micaela o a Dieguito. Las visitas a Micaela solían terminar mal. Ella y Matías peleaban por tonterías. Matías se las daba de castigador, la trataba mal sin razón alguna, y Micaela era muy orgullosa. Peleaban porque Matías decía que estaba gorda, porque Matías pateaba a uno de los gatos, porque Matías cambiaba de canal sin pedirle permiso, porque Matías se tiraba un pedo, porque Matías saludaba sin besito a la mamá de Micaela y después la mamá se quejaba con Micaela, porque Matías se metía a cagar y dejaba el baño oliendo feo, porque Matías le decía a Micaela que era una chancona, una rata de biblioteca, peleaban por cualquier cosa, y Micaela se resentía y se encerraba en su cuarto, y entonces Matías y yo nos íbamos sin despedirnos.

Yo quería mucho a Micaela, pero, la verdad, no me molestaba que pelease con Matías, yo lo quería solo para mí.

Once

En casa de Dieguito nos divertíamos mucho. Dieguito vivía en una casa espectacular. Sus papás eran un misterio, uno no los veía nunca, viajaban mucho y cuando estaban en la casa, se encerraban en su cuarto y no se dejaban ver.

Dieguito siempre estaba listo para la diversión, le encantaba sacar videos porno y verlos en su cuarto con nosotros, salir en su camioneta a fumar marihuana en el cerro, joder a Martina, la empleada, pero lo que más le gustaba era bañarse desnudo en la piscina por la noche. Después de fumar marihuana, Dieguito era bastante predecible: primero, la tragadera en la cocina jodiendo a la empleada; después, a la piscina calato. Matías y yo también nos metíamos a la piscina, pero no desnudos, nos poníamos ropas de baño.

Dieguito no tenía un gran cuerpo (era de espaldas anchas y barriga fofa, un cuerpo como de nadador retirado), pero tenía una pinga impresionante, grande y gorda como un plátano.

Matías le tenía ganas a Pilar, la hermana menor de Dieguito. Coqueteaba con ella, le hacía bromas mañosas, decía que se la quería agarrar y Dieguito ni cuenta se daba.

Después de visitar a Dieguito, volvíamos a casa de los papás de Matías y nos metíamos en la cama.

Entonces comenzaba mi tortura.

Como en las siestas de verano, como en el hostal del Cusco, la presencia de Matías en una cama a mi lado me perturbaba. No podía dormir. Me quedaba despierto, mirándolo, deseándolo. Tenía que hacer grandes esfuerzos para no pasarme a su cama. Era una batalla contra mis instintos.

Peor aun, Matías a veces se masturbaba debajo de las sábanas, dándome la espalda, y yo sufría pensando que estaba imaginándose con Micaela o Silvanita o alguna chica del gimnasio.

Dudo que él quisiera hacerme sufrir cuando me invitó a mudarme a la casa de sus padres, pero esas noches a su lado fueron un sufrimiento para mí.

No sabía que Matías me gustaba tanto. Lo descubrí esas noches en su cuarto, mirándolo a través de la penumbra, escuchando el canto de los grillos en el jardín, queriendo tocarlo y, al mismo tiempo, odiándome por querer tocarlo.

Una noche no pude más.

Salí de la cama y me quedé ahí parado, deseándolo, dudando, temblando, odiándome, la pinga dura y el corazón tirándome puñetazos.

Me senté en su cama. Me temblaban las manos. Bajé la sabana suavemente. Dejé su sexo descubierto y empecé a acariciarlo.

Comenzaba a ponerse duro cuando Matías se despertó.

—¿Qué haces? —me dijo.

Solté su sexo. Lo miré con cara de culpable. Le rogué con los ojos un poquito de ternura.

—Ándate a tu cama, huevón —me dijo, disgustado—. Déjame dormir tranquilo.

—Por favor —le rogué—. Cierra los ojos y deja que te la chupe.

—Putamadre, Gabriel, qué ladilla eres —dijo, molesto, mirándome feo—. ¿Hasta cuándo vas a seguir jodiendo con tus mariconadas? ¿Cuándo te vas a empezar a portar como hombre, carajo?

Nunca me había hablado así. Me dolió. Sentí que no era mi amigo, que solo me quería por la plata y el carro y la marihuana y la coca.

Sin embargo, seguía deseándolo.

—¿No te gusto? —le pregunté.

—¿Quieres que te diga la verdad?

—Sí.

—Cachar contigo sería como tirarme a un perro.

Se echó de costado, hacia la pared, dándome la espalda.

—Ahora ándate a dormir y déjate de mariconadas —insistió.

Volví a mi cama (la cama de su hermano Lucho) hecho mierda.

Sabía que Matías no me deseaba tanto como a una chica guapa, pero compararme con un perro fue un golpe bajo.

Me tumbé boca abajo, tapé mi cabeza con la almohada, lloré en silencio, odiándolo por ser tan malo, odiándome por ser tan gay.

Odié mi cuerpo, mi pinga avergonzada, mi culo de mujer, mis instintos.

Yo no había escogido ser así, pero por lo visto era así y no podía cambiarlo.

O me acostumbraba o dejaba de ser yo.

No podía acostumbrarme. Era demasiado. ¿Chico famoso de la tele y gay conocido en Lima? Parecía imposible.

No conocía gays respetables. Todo lo que sabía del mundo gay lo veía en la televisión (parodias vulgares de hombres vestidos de mujer, de peluqueros escandalosos, de actores disfrazados, de gordos amanerados). Yo no quería ser así.

No pude dormir.

Cuando comenzaba a amanecer, salí de la cama y me vestí en silencio, me puse unos jeans, unas zapatillas y una camiseta cualquiera, daba igual.

No tenía cara para mirar a Matías en los ojos cuando se despertara. Me moría de vergüenza. ¿Cómo explicarle todo? No tenía palabras, tampoco era necesario, él sabía la verdad y le daba asco, yo le daba asco.

Antes de salir, miré ese cuerpo que tanto me atormentaba y pensé que nunca iba a desear a un hombre como lo había deseado a él. Salí del cuarto caminando en puntillas. La casa estaba a oscuras. Entré en la cocina, cogí las llaves del Fiat y salí por la puerta de atrás.

Respiré. Sentí el aire puro, había lloviznado, el pasto estaba mojado, olía a pasto mojado.

Me metí en mi carro, prendí el motor y salí manejando deprisa.

Bordeando las curvas de La Planicie a esa hora en la que casi no había carros, me di cuenta de que seguía llorando. Me miré en el espejo: *cachar contigo sería como tirarme a un perro, Gabriel.*

Manejaba a toda prisa sin saber adónde ir.

Solo sabía que no iba a volver donde Matías, que no quería seguir siendo así, un perro, un perro maricón.

Cuando subía el cerro de La Molina, pensé desviar el carro de la pista y rodar por la arena húmeda y hacerme mierda de una vez. Estuve a punto de hacerlo. No tuve coraje.

Al pasar por la curva de la muerte, vi las luces de Lima amaneciendo entre la neblina.

Ciudad de mierda, pensé.

Doce

Seguí manejando muy deprisa, bajé por la Javier Prado, pasándome todos los semáforos en rojo.

Necesito dormir, pensé. *Olvidarme de que soy un perro maricón y quedarme dormido.*

Una farmacia, ¿dónde encuentro una farmacia abierta a esta hora?

Encontré una farmacia abierta en la calle Conquistadores de San Isidro, una farmacia muy grande, que nunca cerraba, una farmacia tan grande que parecía supermercado.

Antes de bajar del carro, me sequé las lágrimas con la camiseta.

Me acerqué al mostrador. Un tipo que vestía un mandil blanco me escudriñó con ojos curiosos. Me había reconocido de la televisión.

—Qué milagro tan temprano, caballero —me dijo, sonriendo, dándome la mano.

—No puedo dormir —le dije—. Necesito unas pastillas.

—¿Tiene receta?

—No.

—Bueno, tratándose de usted, no hay problema. ¿Qué pastillas desea?

—Las que usted quiera. Unas que sean fuertes. Necesito dormir.

—¿Mucho trabajo?

—Demasiado. Mucho estrés.

—Eso, el estrés, eso es lo que mata.

El tipo se puso unos anteojos gruesos, miró los estantes y sacó una pequeña caja.

—Estas son muy efectivas, mi estimado.

Pagué y me despedí dándole la mano.

—Con esto va a dormir como un niño.

Subí al Fiat y me alejé de la farmacia.

¿Adónde ir a dormir? No lo dudé. El Country era mi hotel preferido.

Llegué al Country en un par de minutos. El portero me saludó con cariño. Se quitó la gorra, hizo una venia.

—Buenas, joven.

—Buenas, mister.

Entré en la recepción y pedí un cuarto. Pagué en efectivo, me dieron mi llave y me preguntaron si llevaba maletas.

—No —dije—. Solo vengo a dormir un rato.

Entré en mi cuarto, cerré con llave, me quité la ropa y entré al baño con las pastillas.

Me miré en el espejo: *no quiero ser maricón, no quiero ser maricón, no quiero ser maricón.*

Me tomé las veinte pastillas, una por una, con agua de caño. Pensé *si no me matan las pastillas, me mata el agua de caño.*

Me metí en la cama, me tapé con esas sábanas y cerré los ojos.

No voy a rezar, me dije.

Después, solo recuerdo dos cosas: mi corazón bailaba un mambo y afuera alguien pasaba una aspiradora.

Trece

No me quedé dormido para siempre, me rescató Dieguito.

Dieguito, el amigo de Matías de La Planicie, el gordo buena gente, el que vivía en una mansión y se bañaba desnudo en la piscina y salía con las más feas de la Católica.

La noche que me metí en la cama de Matías por última vez y escapé llorando sin saber adónde ir, Dieguito soñó conmigo. Fue un sueño feo: yo me ahogaba en la piscina de su casa, me sacaban muerto, hinchado, botando espuma por la boca.

A la mañana siguiente, cuando yo estaba durmiendo en el Country, Dieguito llamó por teléfono a Matías y le preguntó por mí.

Matías le dijo que me había ido muy temprano sin decirle nada, que no sabía dónde estaba, que no se preocupara.

—Gabriel es así, una quinceañera. Le dan sus arrebatos, después se le pasan.

A pesar de lo que Matías le dijo (o precisamente por eso), Dieguito se preocupó.

Me llamó al hostal El Olivar, le dijeron que ya no estaba registrado allí.

Llamó a otros hoteles de San Isidro y Miraflores, tampoco me encontró.

Llamó al Country y le dijeron que me había alojado esa mañana y había pedido que no me pasaran ninguna llamada.

Dieguito estuvo seguro de que algo malo me había pasado, su sueño no podía ser casualidad.

Se subió a su camioneta y la hizo correr hasta el Country.

Al llegar, preguntó por mí. Le dijeron que no podían molestarme, que estaba descansando. Era como el mediodía.

Dieguito podía parecer lento pero era muy listo. Preguntó a qué hora me había registrado. El tipo de la recepción abrió el cuaderno y Dieguito vio el número de mi cuarto. Luego simuló que se iba y, cuando el tipo se distrajo, se metió en el ascensor y fue a mi cuarto.

Tocó y tocó pero nadie abrió, yo no escuché nada.

No se dio por vencido. Vio a una mujer aspirando el pasillo. Se acercó a ella y le pidió que abriese mi cuarto. La mujer tenía una llave maestra. Dieguito le dijo que había olvidado su llave adentro. La mujer dijo que tenía que consultar con la recepción, pero él sacó un billete, se lo alcanzó, puso una cara graciosa y le dijo:

—Si no me abres ahorita, me hago la pila en el pantalón.

La mujer se rió y le abrió la puerta.

Dieguito entró, cerró la puerta, me vio dormido, vio la caja de somníferos vacía y comprendió todo de inmediato.

Me cargó, me llevó a la ducha, se metió conmigo y nos mojamos en agua helada.

Desperté a medias. Veía borroso. No podía sostenerme en pie. Escuchaba la voz de Dieguito.

—Despiértate, Gabriel. Despiértate. Tenemos que irnos de aquí.

No sé cómo hizo para vestirme. Antes de salir del cuarto, guardó en sus bolsillos la caja de pastillas. Salimos caminando despacio, yo apoyado en él. Creo que el portero no se dio cuenta de nada, el pobre viejito estaba más dormido que yo.

Dieguito me metió en su camioneta y salió a toda velocidad. Apoyé mi cabeza en su pierna y seguí durmiendo.

Dieguito dudó entre llevarme a una clínica o ir a su casa.

Llegó hasta la puerta de la clínica Americana, pero no se atrevió a entrar conmigo por temor a que se hiciera un escándalo y la noticia saliese en los periódicos. Prefirió manejar hasta su casa, meterme en su cama y llamar a su papá, que estaba en Buenos Aires.

Yo seguía durmiendo profundamente.

El papá era un hombre duro, que había aprendido a tomarse las cosas con calma. Le dijo a Dieguito que había hecho bien en llevarme a su casa, pero que llamase de inmediato a un médico amigo de la familia. Dieguito lo llamó. El médico llegó en menos de media hora. Me examinó, vio las pastillas que había tomado y dijo que no era grave.

—Va a dormir dos días —dijo—. Prepárale un buen lomo cuando se despierte.

En efecto, dormí dos días. Yo no sabía que fueron dos, porque cuando me desperté, Dieguito me preguntó:

—¿Que pasó? ¿Por qué lo hiciste?

Y yo le dije:

—No sé. Fue ayer y no me acuerdo.

Luego me dio sueño y seguí durmiendo.

Tal vez sea una exageración decir esto, pero yo lo siento así: le debo la vida a Dieguito.

Catorce

Los papás de Dieguito, cuando volvieron de viaje, no me dijeron una palabra del incidente en el Country, me trataron como a uno más de la familia. Las hermanas de Dieguito también me acogieron con mucho cariño.

Matías desapareció de mi vida, no me llamaba, no venía a verme, no sabía nada de él.

Dieguito tampoco quería verlo. Un día fue a casa de Matías, sacó todas mis cosas y las trajo a su cuarto. Después Matías lo llamó molesto y le preguntó por qué había hecho eso, el cabrón quería seguir poniéndose mi ropa, pero Dieguito lo mandó a la mierda.

Cuando pasó una semana y me vio recuperado, Dieguito me sorprendió.

—He comprado dos pasajes a Buenos Aires, nos vamos mañana.

Me pareció una gran idea. Me encantaba Buenos Aires. Además no teníamos que alojarnos en un hotel, los papás de Dieguito tenían un departamento en esa ciudad.

Dieguito no me lo dijo, pero yo supe que la razón de ese viaje era alejarme de Matías y acercarme a él, hacernos más amigos.

Viajamos en primera clase: los papás de Dieguito tenían mucha plata, el papá era un tigre para los negocios, experto en comprar fábricas quebradas, levantarlas y venderlas a buen precio, era uno de esos tipos duros que si te cruzabas en su camino, te pisaba como a cucaracha.

Yo no me ocupé de nada, Dieguito hizo las maletas.

Tomamos una copa de champán al despegar de la Lima árida y ruinosa (uno veía los arenales desde allá arriba y se preguntaba *¿en esta ciudad tan fea y polvorienta vivo yo?*), y dormimos todo el vuelo.

En el taxi camino al departamento, deslumbrado por la belleza de Buenos Aires, le dije a Dieguito para quedarnos a vivir allí y no volver a Lima. Se rió y me dijo que le encantaría, pero no podíamos, teníamos que volver a la jodida universidad.

El departamento de sus papás era pequeño pero lindo: dos cuartos, muebles refinados, todo impecable, y estaba en pleno centro de la ciudad y de noche tenía una vista linda que moría en el río marrón.

Nos quedamos dos semanas. Vagamos, solo vagamos, y nos gastamos una fortuna con la tarjeta dorada del papá de Dieguito.

Dormíamos mucho: diez, doce horas, y por la tarde, siesta. Dormíamos en el cuarto de los papás: una cama muy grande, un televisor inmenso, estratégicas cortinas oscuras que no dejaban penetrar un rayo de luz, un paraíso para dormir.

Dormíamos desnudos, no pasaba nada sexual, tampoco me provocaba.

Dieguito desnudo era alto, grueso, blanco, pecoso, las espaldas anchas, el culo chato, unos rollitos en la barriga, la pinga grande, sin circuncidar.

Le encantaba pasearse desnudo por el departamento, un whisky en la mano, un cigarro en la otra. Para él, la felicidad se reducía a estar desnudo, comer jamón serrano, dormir doce horas cada día y, en lo posible, cagar bien.

Extrañé la marihuana. Yo había sugerido llevar unos tronchos desde Lima, pero Dieguito me dijo que ni cagando, y tuvo razón porque cuando llegamos a Ezeiza todos los peruanos fuimos revisados por la policía antidrogas con unos perros que nos olieron las maletas, ya los peruanos nos habíamos hecho esa fama.

Una noche fuimos al cine y pasó algo curioso. En una escena de la película, estaba a punto de ocurrir un choque. Venía un camión por una pista y por la otra, un carro con una mujer y sus hijos. Sin duda iban a chocar, la mujer manejaba distraída, hablándoles a los niños, y Dieguito, justo antes del choque, gritó *¡Cuidado!*

Me asusté. La gente volteó a mirarnos. Desde luego, a pesar de la advertencia, ocurrió el choque. Cuando salimos del cine, Dieguito seguía sorprendido de sí mismo.

Tarde por la noche, íbamos de discotecas. No a bailar ni a tomar, solo a mirar gente. Había mucha gente bonita en Buenos Aires, chicos guapos, chicas lindas, y era un placer verlos bailar, seducirse, buscarse entre las sombras. Tampoco nos quedábamos mucho rato, porque yo no aguantaba el humo, me irritaba los ojos, la garganta, me dejaba apestando el pelo, la ropa, todo, y después llegaba al departamento y me duchaba para sacarme la pestilencia del humo de encima.

Una noche no nos dejaron entrar a una discoteca exclusiva. Nos dijeron que estábamos mal vestidos. Íbamos con jeans y zapatillas. Al día siguiente Dieguito me llevó a una tienda elegante, compramos unos trajes caros y unos zapatos carísimos y regresamos por la noche a la misma discoteca y el tipo se resignó a dejarnos entrar.

Otra noche fuimos a una discoteca gay sin saber que era gay. Nos gustó el nombre, Contramano, y nos metimos a echar un vistazo. Estaba llena de hombres musculosos que bailaban con energía frente a unos espejos gigantes.

Tomamos un trago y paseamos entre la multitud sin decir gran cosa (había un chico lindo en la cabina, eligiendo la música detrás de unos vidrios, que me tenía enamorado y con ganas de quedarme a vivir en Buenos Aires) y cuando el ambiente se tornó denso e irrespirable, nos marchamos. A la salida, esperando un taxi, Dieguito me preguntó qué pensaba de la homosexualidad. No supe qué decirle.

—Me siento más cómodo en una discoteca abierta —dije—. El ambiente gay es un poco cargado.

Él sonrió con su sonrisa misteriosa y dijo:

—A mí me cae muy bien la gente gay.

Yo pensaba que él no sabía nada de mi relación con Matías, de mi lado gay, pero ahora creo que lo sabía todo (o al menos lo sospechaba) y por delicadeza no me decía nada.

No pasó nada sexual entre Dieguito y yo, a pesar de que dormíamos juntos, desnudos. El hecho es que, al menos en cuanto a mí respecta, no había química sexual con él: lo veía como a un amigo del carajo, no como un cuerpo rico.

Una noche vino a vernos el primo de Dieguito, un chico rubio y alborotado, Hernando. No era guapo, pero se arreglaba mucho. Hernando trabajaba como vendedor en una tienda de artículos deportivos. Hablaba demasiado, pero era buena gente, simpático, divertido, y se notaba a cien kilómetros en la oscuridad que era gay, sobre todo después de la botella de whisky que nos tomamos los tres: Hernando se puso muy afeminado, coqueteaba con Dieguito, conmigo, consigo mismo. Tenía una cosa muy fuerte con su pelo, a cada rato iba al espejo y se lo acomodaba. Los tres terminamos bastante borrachos. Dieguito hablaba de negocios, el primo Hernando de zapatillas o ropa o perfumes o champús y yo de política, por supuesto.

Cuando se acabó el trago, el primo Hernando preguntó si podía quedarse a dormir. Dieguito le dijo que sí, por supuesto. El tal Hernando era más listo que las arañas. Terminó en la cama conmigo (Dieguito se quedó en la sala) y jugó sus cartas bien rápido: estábamos los dos echados y se me acercó de pronto y quiso besarme y yo le dije que mejor no. No me provocaba, era buena gente, pero demasiado afeminado. Sonrió, como si no tuviese importancia, se fue al baño y no regresó al cuarto. Cuando desperté con un maldito dolor de cabeza, Dieguito dijo que su primo se había ido. No volví a verlo. Años después, me enteré de que había muerto de sida.

También conocí a los abuelos de Dieguito. Sus abuelos paternos eran secos, distantes, y vivían en un departamento austero, nada lujoso, en el centro. Nos invitaron a comer una noche, no me cayeron bien, la comida tampoco.

Los abuelos maternos, en cambio, eran unos viejitos encantadores. Vivían en una casa preciosa en Martínez, cerca del río, en las afueras de la ciudad. Nos quedamos con ellos un fin de semana. El viejito era un abogado retirado, se ponía traje y corbata todas la mañanas y se pasaba el día leyendo los periódicos con lupa, decía que su país estaba arruinándose por culpa de los comunistas encubiertos que se habían apoderado del gobierno. Su mujer vivía para la cocina, cocinaba delicioso, comimos maravillas ese fin de semana y dormimos en una cama muy antigua que había sido de la mamá de Dieguito. La casa tenía una terraza y un jardín muy agradables. Dieguito y yo nos sentábamos en la terraza a tomar el té con la abuela, y era como si estuviésemos en otro tiempo (la viejita, un encanto, odiaba a Perón, *ese hombre malvado*, y más aún a Evita, *esa bruja*). Me acuerdo del olor recio y noble de esa casa donde el tiempo parecía transcurrir más despacio, de las comidas espléndidas que preparaba la abuela, de las reacciones virulentas que mencionar el nombre de Perón provocaba en esa pareja de ancianos. Me acuerdo también de un sábado por la tarde en que nos sentamos los cuatro a ver un partido de tenis y, a mitad del primer *set*, ya los dos viejitos roncaban profundamente. Fue conmovedor verlos a los dos cogidos de la mano, durmiendo frente al televisor, unidos por cincuenta años de vida en común y un odio no menos antiguo al general Perón.

Por supuesto, también nos dimos un tiempo para ver a River. Fuimos de noche al Monumental, un espectáculo la cancha, y River le ganó a no sé quién. Recuerdo que un espectador sentado a mi lado parecía odiar a la Araña Amuchástegui, puntero derecho de River: cada vez que la Araña hacía una mala jugada (y no estaba en una noche inspirada el menudo y zigzagueante jugador), el tipo se levantaba y gritaba enloquecido por la rabia:

—Araña, ¡hijo de la miseria!

Tengo un gran recuerdo de esas dos semanas en Buenos Aires. En esa ciudad volví a vivir, olvidé a Matías. Dieguito se portó como un príncipe: me cuidó, me engrió, me regaló todo lo que le pedí y me hizo dormir a su lado, me hizo sentir querido y protegido.

Quince

Cuando llegó el día de volver a Lima, pensé algo oscuro y descorazonador, algo que después me asaltaría muchas veces: *qué mala suerte tuve de nacer en esa ciudad.*

¿Cuánto dinero gastó Dieguito con la tarjeta de su padre? No lo sé. Lo que sé es que, un mes después, ya en Lima, su papá dejó de tratarme con cariño. Era evidente que le había llegado la cuenta, debió de ser gorda y dolorosa.

Todavía tengo los libros de Fontanarrosa, los discos de Charly García y la camiseta de River que me compré en Buenos Aires a cuenta del papá de Dieguito.

No hay nada más rico que comprar con una American Express dorada de otro: disminuye el estrés estimula la felicidad, está probado.

Dieciséis

En Lima, la cocaína era buena, barata y fácil de conseguir. Si querías aspirar coca todos los fines de semana, Lima era la ciudad perfecta. No te costaba una fortuna, no te metían preso y, con suerte, no te jodías mucho la cabeza.

Matías desapareció de mi vida, pero la angustia de saber que me gustaban los chicos como él quedo en algún rincón de mi cabeza, y esa angustia, ese desasosiego, esa vergüenza, eran, creo, las fuerzas autodestructivas que me precipitaban a jalar cocaína.

Dieguito, por supuesto, no se oponía un carajo, le encantaban las noches de coca conmigo.

Solíamos jalar los fines de semana. Comprábamos coca los jueves y, en el mejor de los casos, podía durarnos hasta el domingo, aunque por lo general se nos terminaba el viernes por la noche. De lunes a jueves nos recuperábamos: baños turcos, pastillas para dormir, piscinazos de noche para relajar los nervios. Y el jueves siguiente, más coca.

Dieguito conocía a un vendedor que no fallaba, un moreno confianzudo y entrador que nos vendía coca en un parque a espaldas del Wong del óvalo Gutiérrez, en Miraflores.

Aceituna, le decían al moreno. Era flaco, el pelo color mostaza o mandarina, rizado, las piernas chuecas como alicate. Los jueves por la noche, Aceituna vendía mucha coca a la gente rica y confundida de Lima, y nosotros éramos sus clientes más leales (y confundidos).

Aspirábamos las primeras líneas en la camioneta de Dieguito y, después, cuando el cuerpo reclamaba un trago con urgencia, en un pub de San Isidro, cerca de El Olivar. Creo que los más distinguidos coqueros de Lima se reunían en ese bar. El baño era un espectáculo, había cola para entrar a meterse un par de tiros. Algunos, los más bravos, se quedaban toda la noche en el baño, jalando coca y hablado con cualquiera. Una vez vi a un coquero ya cincuentón (le decían Omelette) arrodillado frente al wáter, mirando el reflejo de su rostro en el agua, hablándose a sí mismo:

—Chucha, Omelette, eres un cague.

Solo tomábamos whisky etiqueta negra. Dieguito pagaba la coca, yo el trago. Nos sentábamos en una mesa alejada del barullo, nos traían los dados y jugábamos cachito. Cada cierto tiempo íbamos al baño y nos levantábamos con la buena coca de Aceituna.

El baño era vigilado por un portero que en teoría estaba contratado para impedir que corriesen drogas, pero el tipo, ni tonto, cobraba peaje y a medianoche, el que más muecas agresivas hacía en el pub era él, durazo el portero.

Dieguito no hacía tantas muecas, se ponía muy serio, hablaba poco, mucho menos que yo, a mí la coca me ponía extremadamente locuaz. Con las primeras líneas, hablaba mucho, demasiado. Hablaba de cualquier cosa: del cabrón de Matías, de política, de la tele, de los jodidos viajes a Santo Domingo, adonde iba todos los meses para hacer un programa después de quedarme sin trabajo en la televisión peruana, de cómo hacer un gran negocio que me permitiese mandar al carajo la televisión. Nunca hablaba de mis deseos homosexuales ni con Dieguito ni con nadie, ese era un secreto que solo Matías sabía.

¿Por qué me gustaba tanto la coca? Creo que porque me hacía sentir más seguro o menos inseguro, porque disolvía mi timidez y me convertía en un tipo agresivo, en alguien que no dudaba del poder de su inteligencia y de su simpatía natural, en un hombre de éxito. Era una ilusión, por supuesto, y se desvanecía bien pronto, pero las primeras horas después de aspirar coca me envolvía una formidable sensación de poder e invulnerabilidad que me hacía levitar.

La coca menguaba o eliminaba del todo mi apetito sexual. No me provocaba agarrar con nadie cuando estaba duro, y si lo intentaba, no sentía nada, no se me paraba. Se me achicaba la pinga cuando aspiraba coca.

Curiosamente, también me sentía más inteligente cuando estaba lleno del primer envión de coca. Me sentía importante, predestinado, superior; hablaba con pasión y virulencia del histórico futuro que me aguardaba, improvisaba unos discursos delirantes y conmovedores que a veces me hacían llorar. La coca despertaba en mí la ambición política más desaforada. Cuando estaba duro y elocuente, le contaba a Dieguito mis planes para llegar a ser presidente del Perú. No bromeaba, hablaba en serio, quería ser presidente para que mi padre, que tanto me había humillado, me viese allá arriba, en el balcón de Palacio de Gobierno, con la banda presidencial. Dieguito no se burlaba de mis planes, me tomaba muy en serio, me decía que cuando yo fuese presidente, él quería ser mi embajador en Buenos Aires.

Cuado se hacía tarde y el administrador del pub anunciaba que iban a cerrar (dos y pico, tres de la mañana), regresábamos a La Planicie.

Entrábamos en la casa sin hacer ruido, nos encerrábamos en el cuarto de Dieguito, nos metíamos en la cama y seguíamos jalando coca.

Siempre teníamos una botella de whisky en el clóset para acompañar la juerga.

A esas horas ya no era tan rico seguir jalando. Cada par de tiros era como un cortocircuito en el cerebro: la nariz comenzaba a sangrar, las palabras ya no salían, se atracaban, se enredaban, las primeras sensaciones de euforia y confianza iban cediendo a una creciente sensación de angustia, ansiedad, decaimiento anímico, vergüenza de uno mismo.

A las seis de la mañana, con la nariz llena de coca y el corazón maltrecho y los ojos saltándome, me veía en el espejo y sentía asco de mí mismo.

Las mañanas eran duras. Me arrastraba. Me quedaba tirado en la cama tratando de dormir. No tenía hambre, sueño, ganas de masturbarme, nada, era un parásito, un vegetal agonizante. No podía siquiera leer el periódico, me quedaba en la primera página, leyendo las mismas noticias una y otra vez. Dieguito dormía con muchas pastillas. A mí me daba miedo tomar pastillas, temía que el corazón me fallase si me atiborraba de calmantes después de estimularme tanto. Esas mañanas, la culpa me carcomía como si fuera una cucaracha metida dentro de mí. Odiaba ser gay, odiaba ser coquero, odiaba a mi padres, me odiaba, juraba nunca más meterme coca.

Pero llegaba la noche y ya había pasado lo peor de la resaca y Dieguito proponía un whiskacho en la piscina, solo uno, y luego unos tiritos para acompañar, solo un par, y de nuevo comenzaba la orgía de coca y discursos inflamados que terminaban en ese pub de San Isidro donde tanta gente hablaba y nadie escuchaba al otro.

No había logrado dormirme para siempre con las pastillas en el Country, pero esas noches infinitas de coca de la buena eran una manera de intentarlo de nuevo, de dejar de ser yo, de suicidarme a plazos.

Dieguito me preguntó alguna vez por qué me gustaba tanto la coca.

—Porque quiero que todo esto se acabe rápido —le dije, y sentí que fui sincero.

Quería vivir rápido y largarme pronto. Prefería morir como coquero que vivir como homosexual.

Diecisiete

Un fin de semana largo que había no sé qué feriado, Dieguito y yo decidimos ir a Paracas.

Fuimos en mi Fiat Brava gris, cinco cambios, asientos de cuero, maltrecho pero todavía veloz.

Fumamos abundante marihuana todo el camino. Escuchamos muchas veces un viejo casete de Marley.

Llegamos de noche y nos alojamos en el hotel Paracas, en un *bungalow*. Llevamos bastante dinero porque yo acababa de volver de Santo Domingo y Dieguito se había robado plata de la caja fuerte de su papá. El *bungalow* no era gran cosa: dos camas viejas (te movías y sonaba el colchón), un baño chico y descuidado, una terraza con vista al mar apestoso. Cada uno dormía en una cama: Dieguito, desnudo; yo, en piyama.

Vivíamos risueños. Fumábamos marihuana todo el día.

Pasaron tres cosas dignas de mencionarse en esa excursión a Paracas.

Dieguito pisó una raya. Fuimos un día a una playa desierta. Hacía un sol radiante y el mar estaba transparente y no había nadie en la playa. Dieguito entró caminando al mar y de repente gritó *¡ay, mierda, pisé una botella!* y salió cojeando, haciendo un gesto de dolor, y se sentó en la arena. Tenía una herida en el pie izquierdo y estaba sangrando y yo pensé que había pisado una botella, pero cuando lo llevé a la enfermería del hotel, el tipo que lo atendió dijo que era herida de raya, le desinfectó el corte, le puso ocho o diez puntos, lo vendó y pasó el susto.

Fue un error visitar a mi tío Quique, que tenía casa en el malecón, a un par de cuadras del hotel. Un día fuimos caminando por el malecón, bien fumados los dos, y decidí tocarle el timbre a Quique, conocido por millonario avaro y homosexual promiscuo. Quique no estaba solo, lo acompañaban dos marinos fortachones, guapos muchachos dispuestos a dar compañía y placer a cambio de dinero. Nos trataron con cariño. Quique, como siempre, burlón y sarcástico; los marinos, callados, machazos, castigadores, acomodándose la pinga. Cuando terminaron el vino, Quique y sus marinos nos dijeron para salir a pasear en lancha. Nos subimos los cinco a la lancha de Quique y, guiados por los diestros marinos, surcamos las aguas de la bahía de Paracas. Nos bañamos en el mar. Los marinos se bañaron desnudos. Tenían unos cuerpos estupendos. A media tarde regresamos a casa de Quique. Dieguito y yo nos fuimos caminando al hotel, y Quique se quedó con sus marinos.

Mi leal Fiat se murió. Al regreso de Paracas, simplemente se apagó y no prendió más. Yo estaba dispuesto a abandonarlo en medio del desierto, pero Dieguito me convenció para ir en taxi a Pisco y conseguir a un mecánico. Eso hicimos. El mecánico, que estaba borracho o con resaca, se pasó media hora echado debajo del carro (yo creo que no tanto para identificar el desperfecto como para protegerse del inclemente sol) y dijo luego con voz segura:

—La cagada, oiga. Se ha jodido el solenoide.

Pensé que estaba tomándonos el pelo, pero el tipo nos aseguró que una pieza clave llamada solenoide estaba averiada y que, por supuesto, en Pisco y alrededores era imposible conseguir un solenoide para mi Fiat.

Nunca en mi vida había oído hablar del maldito solenoide. Regresamos a Pisco, contratamos una grúa y nos remolcaron hasta Lima. Fue rico sentarnos en el asiento de atrás del Fiat y dejarnos jalar por esa grúa lentísima. Fumamos muchos tronchos, volvimos a escuchar a Marley, nos bajamos una botella de whisky caliente y vimos el paisaje que pasaba muy despacio, como si fuese un viejo documental de televisión, Dieguito con el pie aún vendado, yo todavía pensando en los marinos desnudos de Paracas.

Al llegar a Lima, tenía una cosa clara: quería hacer tanta plata como Quique para tener amigos tan estimables como los suyos.

Dieciocho

Cambiarle el solenoide al Fiat costaba una fortuna y ya estaba harto de gastarme tanto dinero en reparar el carro, porque el Fiat se malograba con frecuencia y cada visita al taller me dejaba arruinado.

Mientras decidíamos qué hacer con el Fiat Brava gris, cinco cambios, lo guardamos en la fábrica del papá de Dieguito. Yo quería venderlo de una vez. Me había dado muchos problemas: los frenos, la suspensión, el aire que no enfriaba, el aceite que se chorreaba y ahora el maldito solenoide. Era hora de terminar con él.

Además pesaban sobre el Fiat dos órdenes de captura: una por pasarme sin pagar un peaje camino a Paracas y otra, más antigua, por no parar cuando un policía me tocó el pito en la esquina de Larco y Benavides. Por eso cada cierto tiempo me paraba algún policía y me decía que el carro tenía orden de captura y yo, para evitar que me llevasen a la comisaría, tenía que darle una buena coima y, si pedía, también autógrafos para la familia.

Se me estaba terminando la plata y el siguiente viaje a Santo Domingo aún estaba lejos, así que decidí vender el Fiat. Lo llevamos al taller de Jimmy Vega, un *dealer* amigo del papá de Dieguito. Jimmy Vega era un tipo muy listo. Le echó un vistazo al carro, lo hizo examinar por sus mecánicos y me dijo que estaba en muy malas condiciones, que esos Fiat los habían llevado al Perú porque no pasaron el control de calidad en los Estados Unidos y que además se veía que yo lo había maltratado bastante. Sin perder tiempo me ofreció dos mil dólares. Yo, que lo había comprado en diez mil, le dije que era muy poco dinero, pero él dijo que no podía darme más. Derrotado, acepté su magra oferta. Me dio un cheque y se quedó con mi Fiat sin solenoide.

Dieguito y yo no tardamos en cobrar el cheque. Salimos del banco con el equivalente de dos mil dólares en moneda peruana, un paquete de considerable tamaño.

Había que festejar, me había quitado de encima la maldición del solenoide, y tenía un paquetón de billetes inmundos que no quería llevar conmigo mucho rato.

Dieguito tuvo la brillante idea de convertir ese paquetón de billetes en un paquetón de coca. Sin perder tiempo, fuimos al parque detrás de Wong. Aceituna se asustó cuando le dijimos que queríamos comprarle mil dólares de cocaína.

—¿Es para consumo de ustedes o para hacer negocio? —preguntó, tartamudeando.

Dieguito le dijo que íbamos a dar una gran fiesta, que serviríamos cocaína en bandejas para todos los invitados. Aceituna accedió a vendernos la coca. Fuimos a su casa, vivía en una vieja quinta cerca de la huaca Juliana, nos vendió una bolsa de cien gramos de coca, yo nunca había visto tanta coca en mi vida, Aceituna estaba feliz de haber hecho una estupenda venta.

Dieguito llamó a su casa y le dijo a su mamá que nos íbamos un fin de semana largo a Paracas, a casa de mi tío Quique.

Pero por supuesto no fuimos a Paracas, fuimos al hotel Cesar's de Miraflores y nos alojamos en la *suite* presidencial.

La *suite* estaba bien: grande, limpia, con una bonita vista hacia los techos de Miraflores, el zanjón y el caos general de la ciudad.

Antes de probar la coca, fuimos a una licorería, compramos seis botellas del mejor whisky, las metimos en un maletín y regresamos a la *suite* presidencial.

Fue una juerga tremenda, feroz. La comenzamos el viernes por la noche y no sé cómo la fuimos arrastrando hasta el domingo por la mañana. No dormimos, por supuesto. Tampoco salimos de la *suite*. No comimos nada, Solo aspiramos coca y tomamos whisky.

Al comienzo nos sentíamos de putamadre, los tipos más listos y poderosos de la ciudad, pero de a pocos la cosa fue empeorando.

El final fue un horror: Dieguito tumbado en el piso del baño, hablando solo; yo parado frente a la ventana abierta, dando un vibrante discurso político. Todavía quedaba bastante coca en la bolsa, pero mi cuerpo ya no resistía más. Tenía la cara hinchada, la nariz como una pelota que a ratos sangraba, el corazón estragado. No podía ver bien, se me nublaba la vista.

El pobre Dieguito estaba peor que yo. Se había encerrado en el baño pensando que la policía vendría por nosotros y no quería salir, fea situación.

Se puso aún más fea cuando a Dieguito le vinieron unos dolores fuertes en el pecho, decía que era un infarto, que se estaba muriendo, que lo llevase rápido a la clínica.

Nos lavamos las narices, nos pusimos anteojos oscuros, escondí la coca en un bolsillo de mi casaca y salimos de la *suite*. A duras penas podíamos caminar. Por suerte habíamos dejado la camioneta de Dieguito en el estacionamiento. Bajamos por el ascensor y no tuvimos que pasar por la recepción. Tras salir del hotel, manejé hasta la clínica Americana.

Me temblaban las manos, cuando me metía mucha coca me temblaban las manos.

Dieguito no quiso entrar a la clínica, le dio miedo, dijo que se iban a dar cuenta de que estábamos drogados y nos iban a arrestar por coqueros.

—Leche —pidió—. Lo que necesito es leche.

Lo lleve al Bar BQ del óvalo Gutiérrez y se tomó tres vasos grandes de leche helada. Luego se metió en el baño, vomitó y se sintió mejor. Yo estaba tan angustiado que no podía ver más coca. Me metí en el baño con él, lo vi vomitar y luego tiré la bolsa de coca al inodoro.

—Huevón, ¿qué haces? —me gritó Dieguito.

Ya había jalado la cadena, ya la coca había desaparecido.

Dieguito se molestó tanto conmigo que se subió a su camioneta y se largó sin decirme nada. Me dejó solo en el Bar BQ adonde iba de niño a montar el caballito con mi mamá. Me senté en el caballito, metí una moneda y empecé a cabalgar lentamente, recordando aquellos tiempos felices con mi madre, cuando no era un coquero apestoso como ahora.

Diecinueve

El reglamento de la Católica decía que si te desaprobaban tres veces en un curso, te expulsaban de la universidad.

Yo ya estaba acostumbrado a esos peligros, había pasado varios cursos a la tercera, raspando. El que más me había hecho sufrir era matemáticas, una maldición, no entendía un carajo, era genéticamente torpe con los números y tuve que pagarle cien dólares a un chico para que me dejase copiar el examen final.

Dieguito también pasaba como podía, copiando, sobornando, en el peor de los casos estudiando.

Cuando me libré de matemáticas, tuve que llevar al maldito curso de lógica. Me desaprobaron dos veces consecutivas y el semestre en que lo llevé por tercera vez casi no fui a la universidad porque estaba viviendo con Dieguito y existíamos para la coca y la rica marihuana y apenas íbamos a la Católica una vez por semana, faltando a todas las clases sin asco.

Dieguito también estaba llevando un curso por tercera, historia del Perú.

Nunca íbamos a clases, ni siquiera teníamos cuadernos, no teníamos idea de nada, vivíamos duros o volados. A mitad del semestre dimos los exámenes parciales y, por supuesto, nos revolcaron mal.

No nos preocupaba un carajo sacar malas notas ni que nos botasen de la universidad. Solo pensábamos en el troncho de la mañana y la coca del fin de semana. Ir a la universidad nos parecía una estupidez, una pérdida de tiempo.

Además, yo tenía una buena razón para no ir a la universidad: no quería encontrarme con Matías. No había vuelto a verlo desde esa madrugada en que terminé tragando un frasco de pastillas para dormir. No quería verlo más, era un recuerdo doloroso, me hacía recordar quién era yo y ese recuerdo me daba vergüenza.

Mucho más divertido que ir a la Católica era fumar un troncho en La Herradura o ir a jugar frontón al club de La Planicie o meternos a los baños turcos de la calle Dasso para recuperarnos de la coca que habíamos jalado el fin de semana.

Llegó el examen final de lógica y yo estaba perdido. Necesitaba 15 para aprobar. Solo, sin ayuda, no iba a sacar 15 jamás, y tampoco conocía a mis compañeros como para intentar sobornar a alguno, pues no había asistido a una sola clase.

Entonces averigüé el nombre del profesor, un tal Efrén Argüelles, conseguí su teléfono y lo llamé. Le pedí una entrevista personal, tenía algo muy importante que decirle, era urgente. Me citó en su casa.

El profesor Argüelles vivía en una casa modesta en San Borja. Dieguito me llevó en su camioneta y me esperó en la puerta.

Argüelles era más bien bajo, calvo, ojeroso. Podía tener cuarenta y tantos años, quizá más de cincuenta. Nos sentamos en la sala. Le conté mi caso, le dije que no había podido asistir a sus clases porque había estado muy atareado en Santo Domingo, haciendo un programa de televisión, le conté que estaba llevando el curso por tercera vez y sin más rodeos le dije que necesitaba su ayuda para aprobar.

Me dijo con voz imperturbable que le encantaría ayudarme, pero que no podía hacer nada.

Insistí como si no lo hubiera escuchado. Le dije que para aprobar necesitaba sacarme 15 en el examen final, que como no había podido asistir a sus clases me era imposible sacarme esa nota, que por favor necesitaba su ayuda.

—¿Cómo podríamos hacer, profesor? —le pregunté.

—No podemos hacer nada —dijo él—. Tiene que estudiar nomás, jovencito. Aún está a tiempo.

Pensé que el tal Argüelles no me estaba entendiendo, que era un idiota de tres pares de cojones.

—¿Pero cómo podemos hacer para que me dé una ayudita, doctor? —le pregunté.

Puso cara de sorprendido.

—No veo cómo —dijo.

—Si usted me ayuda, yo le puedo agradecer con algo, lo que usted diga —dije.

Se quedó callado, como dudando.

—¿Mil dólares le parece bien? —pregunté, y saqué un sobre con la plata en efectivo y lo puse sobre la mesa frente a él.

—Vamos a ver qué podemos hacer —dijo, secamente.

Asumí que habíamos llegado a un acuerdo. Me paré y le di la mano.

—Siempre le estaré agradecido, profesor Argüelles.

Salí de su casa eufórico. Subí a la camioneta y le dije a Dieguito que el problema estaba resuelto, que el tal Argüelles era un mequetrefe que por mil dólares vendía a su madre.

—Le hubieras dado quinientos nomás —me dijo, riéndose.

Dieguito también habló con su profesor de historia del Perú, un anciano de apellido Watanabe. Le ofreció una buena coima, pero Watanabe resultó incorruptible: se ofendió, amenazó con denunciarlo y lo echó a gritos de su oficina. Entonces Dieguito se preparó para copiar: le robó el cuaderno a uno de los mejores alumnos de la clase de historia del Perú, lo fotocopió, redujo todo lo que pudo la fotocopia y fue al examen con ese libro diminuto que contenía todos los datos que necesitaba saber.

Di el examen de lógica muy confiado, respondí cualquier cosa, ni siquiera me di el trabajo de hacer las malditas ecuaciones: Argüelles no me podía fallar, habíamos hecho un trato.

El examen de Dieguito fue un fiasco, le encontraron el librito fotocopiado, le pusieron cero y lo botaron del salón.

Aunque no era oficial, Dieguito ya estaba fuera de la Católica, solo había que esperar a que saliera su nombre en la lista de expulsados. Claro que apeló y pidió una última oportunidad, pero era seguro que lo iban a expulsar. Por suerte, se lo tomó con buen humor, no parecía para nada preocupado o deprimido.

Yo estaba eufórico pensando que el profesor Argüelles me iba a poner, digamos, un 17 o incluso un 18 y que, superado el jodido curso de lógica, seguiría en carrera.

Unos días después, fuimos a ver los resultados. Primero vimos la lista de expulsados. Para mi asombro, ahí estaban nuestros nombres.

Dieguito soltó una carcajada cuando vio mi nombre en la lista negra, oprobiosa.

Fue toda una sorpresa para mí. La expulsión de Dieguito era un hecho, ¿pero la mía? ¿No había hecho un trato con el profesor Argüelles?

Vimos las notas de lógica, me había sacado 05, no podía ser verdad, tenía que tratarse de un error.

Apelé, pedí una reconsideración. Días después, me devolvieron mi examen con la misma nota, 05.

Indignado, llamé a casa de Argüelles. No se puso al teléfono. Llamé a su oficina, tampoco contestó. Era evidente que se estaba corriendo de mí.

—Te metió la mano —me decía Dieguito, divertidísimo: le importaba un pincho que lo hubiesen botado—. El profesor Argüelles te metió la mano.

Le dije que yo solo había aprendido una cosa muy lógica del jodido curso de lógica: si me meten la mano, lo lógico es que yo me vengue.

Planeamos mi venganza.

Fuimos varias veces, por la noche, a la casa de Argüelles. Vimos que su carro, un viejo Honda Civic blanco, pasaba la noche en la calle.

Un sábado de madrugada, después de armarnos con un poco de coca, fuimos a casa de Argüelles con dos galoneras de gasolina y una caja de fósforos. Nos pusimos unas máscaras que las hermanas de Dieguito habían usado en el último Halloween. Dieguito dejó la camioneta prendida (le habíamos sacado las placas), bajamos rápido, mojamos el carro de Argüelles con bastante gasolina y regresamos a la camioneta.

Fue como una explosión: Dieguito tiró un palito de fósforo encendido y el fuego envolvió el Honda Civic.

Luego aceleró y corrió como un loco.

—¡Argüelles conchatumadre, cómprate una moto! —grite, eufórico.

No regresé a la Católica, esa noche terminó mi vida universitaria.

Sin duda alguna, la emoción de quemarle el carro al profesor de lógica es el mejor recuerdo que atesoro de mis años en la universidad.

Veinte

Todo comenzó con el choque. En casa de Dieguito no se habían enterado de que nos habían botado de la universidad. Mentíamos, decíamos que estábamos de vacaciones y como los papás vivían viajando, no se daban cuenta de nada.

Dieguito manejaba demasiado rápido. Era un buen piloto, seguro en el timón y de excelentes reflejos, pero ir tan rápido por las calles de Lima era tentar al diablo.

Además, seguíamos jalando coca y fumando tronchos, y Dieguito manejaba bien distinto cuando estaba duro que cuando estaba volado. Volado, manejaba muy despacio, como una señora. Duro, se sentía un piloto de fórmula uno, nadie lo podía pasar.

La noche del choque estábamos duros, veníamos de tomar unos tragos. No estábamos tristes ni preocupados porque nos hubiesen botado de la Católica, más bien estábamos contentos de habernos sacado ese peso de encima.

Bajando a toda velocidad el cerro de La Molina, Dieguito hizo una locura. No bien terminó la bajada y agarró la recta camino a La Planicie (la avenida Raúl Ferrero), la camioneta corriendo a ciento cuarenta, vio un camión que iba despacio más adelante. No lo dudó, ni siquiera miró, se desvió al carril izquierdo para pasarlo y de pronto se encontró con dos luces siniestras en la dirección contraria: un carro venía a toda velocidad por la otra pista. No hubo tiempo para nada. Dieguito gritó *¡ay, mierda!*, tiró el timón para la izquierda y nos salimos de la pista.

Cuando desperté del golpe, vi que nos habíamos estrellado contra un poste, que el parabrisas estaba roto y Dieguito estaba inconsciente, con un corte en la frente, sangrando. Me dolían la cabeza y el hombro derecho. Me había hecho varios cortes. Todo estaba oscuro. Nadie se había acercado a ayudarnos. Traté de despertar a Dieguito. Lo moví. No respondió. Me asusté.

Salí por la ventana. Me temblaban las piernas. A duras penas podía sostenerme en pie. La camioneta estaba deshecha. Caminé temblando, crucé una acequia y me paré al borde de la pista. Empecé a hacer señas para que alguien parase a ayudarnos. Varios carros pasaron hasta que uno se detuvo y retrocedió. Bajó un tipo. Lo reconocí. Era Jamonada, el español que administraba el comedor del club de La Planicie.

Jamonada me vio golpeado y asustado, vio la camioneta chancada y corrió a sacar a Dieguito. Lo sacamos entre los dos por la ventana, la puerta no se abría. Dieguito medio que se despertó pero luego se desmayó de nuevo. No sé de dónde sacó fuerzas Jamonada para meterlo en su Nissan Sunny rojo. Echó a Dieguito atrás, yo me senté adelante y manejó a toda velocidad hasta la clínica Tezza, al otro lado del cerro.

No manejaba muy bien el español. Estaba nervioso. Yo pensaba *tranquilo, Jamonada, que ahorita nos caemos por el cerro y nos terminamos de joder los tres*. Por suerte llegamos vivos a la clínica. Entramos por emergencia y nos subieron en dos camillas y después no me acuerdo bien, solo me acuerdo que antes de dormirme, pensé *¿qué habrá sido de la coca?*, *¿la tendrá Dieguito?*, *¿o la van a encontrar tirada en su camioneta?*

El pobre Dieguito se había llevado la peor parte. Tuvieron que coserle la herida en la frente y enyesarle una pierna, a mí solo me enyesaron un brazo.

No sé de qué hablaron Dieguito y sus padres en el cuarto de la clínica (estábamos en cuartos separados), pero debió de ser toda una escena, porque los papás se enteraron de que éramos unos coqueros de campeonato y que nos habían botado de la universidad.

Después Dieguito me contó que cuando entramos a la clínica y nos desvistieron, el paquetito de coca cayó del bolsillo de su camisa y una enfermera lo recogió y, más tarde, no bien llegaron sus papás, ella les enseñó la coca, y cuando Dieguito se despertó a la mañana siguiente, su papá le enseñó el paquetito y él confesó todo.

Por supuesto, los papás me echaron la culpa a mí. Su pobre hijo era un angelito; yo, el mal amigo, la mala influencia, el corruptor. Me di cuenta de que las cosas habían cambiado con ellos; entraron a mi cuarto, me preguntaron cómo me sentía, pero no fueron tan cariñosos, sentí el hielo.

Tampoco me quejo porque el papá pago todo. Fue buena gente el tipo. Yo le dije que quería pagar mi cuenta de la clínica, pero él dijo que el choque había sido culpa de su hijo y que, por lo tanto, él asumía todos los gastos.

Tenía razón, Dieguito había tenido la culpa. ¿A quién se le ocurre meterse a la otra pista sin mirar?

Tras un par de días en la clínica, regresamos a La Planicie en el Mercedes del papá de Dieguito, el señor manejando despacio, discutiendo con su esposa porque ella decía que el aire acondicionado estaba helado y entonces bajaba la ventana para calentarse un poquito y él le decía que cerrase la ventana y ella apretaba el botoncito y la cerraba, pero luego al ratito, otra vez decía que el aire la estaba matando, que se le estaban enfriando los huesos, y de nuevo bajaba la ventana, y él se molestaba y ponía el aire más frío, como diciéndole *jódete, ya, vieja, enfríate de una vez y deja de joderme la vida*, nosotros atrás, enyesados y golpeados y callados y avergonzados de haber hecho semejante papelón.

El papá nos contó que la camioneta había quedado inservible, que la habían llevado a un taller de chatarra, por suerte estaba asegurada.

Cuando llegamos a la casa, el papá me dijo que quería hablar a solas conmigo. Fuimos a su cuarto. Cerró la puerta. Me dijo tranquilamente que Dieguito necesitaba estar solo para reflexionar y reorganizar su vida, que en su casa yo siempre iba a ser bienvenido, pero que era mejor que me alejase un tiempo de su hijo, que si necesitaba algo podía darle una llamada con toda confianza, pero que mejor no llamase a Dieguito por un tiempo, *¿okay?*

Entendí. Estaba todo muy claro. Le dije que le agradecía mucho por tantas atenciones, que me iría de su casa esa misma tarde.

Me dijo que no había apuro, que, si quería, podía quedarme unos días hasta recuperarme bien.

Le agradecí y le dije que mejor me iba de una vez, que yo también necesitaba estar solo para pensar bien y ordenar mis cosas.

Nos dimos la mano.

—¿Estás bien de plata? —me preguntó.

—Sí, no se preocupe, señor.

Me dio un cheque por mil dólares.

—Para los gastos de tu mudanza —me dijo.

Le dije que no podía aceptarlo, pero él insistió, así que, ni tonto, guardé el cheque y salimos del cuarto.

Dieguito estaba tumbado en su cama, viendo tele. Le conté que su papá me había dicho que tenía que irme. Me dijo que ya sabía, no podía hacer nada, era mejor así.

No le conté del cheque, me daba vergüenza.

Saqué mi maleta y metí la poca ropa que me quedaba. Los libros los dejé en sus estantes.

—Te los regalo —le dije.

—Los usaré como papel para fumar —me respondió.

Nos dimos la mano. Le dije que iba a estar en el hostal, que me llamase cuando quisiera.

—Cuando me recupere, paso por ahí —me dijo.

Llamé a un taxi. Me despedí de los papás (la mamá me dio un beso y metió una estampita del Señor de los Milagros en el bolsillo de mi casaca) y subí al taxi, un Fiat Lada durísimo.

Le dije al chofer que me llevase al hostal El Olivar, en San Isidro.

Cuando llegué al hostal, la administradora se emocionó tanto al verme de regreso (y enyesado) que, para festejar, mandó comprar una cocacola familiar y una bolsa de Chizitos.

Fue bueno entrar de nuevo a mi cuarto, salir al balcón, tumbarme en la cama. Sentí que ese era mi sitio, que era allí, y no en casa de los papás de Matías o de los papás de Dieguito, donde yo debía estar.

Veintiuno

No la había visto en bastante tiempo. Desde que me alejé de Matías, dejé de verla. Un día iba caminando por la calle Conquistadores y me encontré con Micaela.

Me abrazó con cariño y fuimos a tomar un café.

Micaela estaba más linda que nunca con su pelo largo y rizado, color melocotón. Sonreía, caminaba con aire distraído, ella sola hacía que Lima fuese más bonita o menos fea.

Pensé *si me gustasen las chicas, me podría enamorar de Micaela*. Nos sentamos en la terraza y pedimos dos cafés. Le conté mi expulsión de la universidad, mis viajes disparatados, mi vida gitana, el choque con Dieguito. Se rió, me miró con ternura.

—Eres un loquito, Gabriel —me dijo.

Me observaba con cariño maternal, como hacen las mamás con sus hijos traviesos.

Luego me contó lo bien que le iba en la universidad: sacaba excelentes notas, ya le faltaba poco para terminar, de todas maneras haría una maestría en los Estados Unidos, ella siempre había sido una estudiante sobresaliente.

Le pregunté por Matías. Se le borró la sonrisa. Me dijo que habían peleado, que no quería saber nada de él. Le pregunté por qué. Me dijo que estaba harta de él, que era un egoísta, un manipulador y un mañoso, que la trataba mal, la hacía sentirse gorda, fea y tonta, que le había hecho mucho daño y ya no lo aguantaba más, lo había mandado a la mierda y ahora se sentía mucho mejor.

Le dije que había tomado una gran decisión. Le hablé mal de Matías, le dije que era un gran cabrón, que no tenía buenos sentimientos, que a mí también me había hecho mucho daño.

Curiosamente, eso, hablar mal de Matías, nos unió. Ella y yo teníamos algo en común: odiábamos al chico del que nos habíamos enamorado (claro que ella no sabía que yo también me había enamorado de Matías).

Cuando terminamos nuestros cafés, me llevó de regreso al hostal. Yo quise irme caminando, pero ella insistió en llevarme. Tenía un carrito muy coqueto, un VW amarillo. Me dejó en el hostal (le pareció linda esa casa vieja, como de muñecas, cubierta por enredaderas) y me prometió que vendría a visitarme de vez en cuando.

Micaela cumplió su promesa. Pasaba por el hostal ciertas tardes después de clases. Subía a mi cuarto, nos sentábamos en el balcón (le encantaba el balcón, decía que soñaba con vivir en una casita que tuviera uno), hablábamos horas (me contaba los pleitos con su mamá, qué tal le iba en la Católica, chismes divertidos de sus amigas del colegio, lo que había hecho con sus novios antes de Matías) y después nos íbamos a tomar lonche en nuestro café favorito, en la calle Dasso.

Una tarde regresamos al hostal. Yo había comprado marihuana esa mañana. Le conté a Micaela que de vez en cuando seguía fumando un tronchito para alegrarme la vida. Me preguntó si también me metía coca. Le mentí: le dije que Matías me había invitado solo una vez, pero que nunca más había vuelto a jalar. Se puso furiosa con Matías, sabía que fumaba sus tronchos, pero no que se armaba con coca. Le dije que Matías era un coquerazo. Lo odió todavía más.

Prendí un troncho. Para mi sorpresa, se animó a dar un par de pitadas. Me contó que había fumado con su hermano Santi y le había perdido el miedo a la marihuana. Apagué el troncho, nos sentamos en el balcón, le pregunté cómo se sentía.

—Con sed.

—Yo también.

—Vamos a tomar algo.

Fuimos caminando a Conquistadores. Nunca había visto a Micaela comer con tanto apetito. Comió un merengado de chirimoya, dos alfajores, un pionono y todavía le quedó hambre para compartir una torta de chocolate conmigo.

Otra tarde nos besamos. Habíamos fumado.

Micaela besaba rico, olía rico, miraba rico.

Quise tocarle las tetas pero no se dejó.

Me dijo que era virgen.

—Yo también —le dije.

Se rió, no me creyó, pero era verdad, nunca había tenido sexo con una mujer.

Tuve ganas de preguntarle qué había hecho con Matías, pero no me atreví.

Antes de irse, me besó en la boca y sonrió. Me gustó la sensación de haber besado a la ex novia de Matías.

Desde entonces, cada tarde que venía al hostal, hubiese o no un tronchito para compartir, nos echábamos en la cama y nos besábamos, y yo me echaba encima de ella y ella se sentaba encima de mí, pero los dos con ropa, y yo quería tocarle las tetas o bajarle el pantalón, pero ella no se dejaba.

Una tarde le pedí que me la corriese. No dijo nada. Solo me miró con ganas, se sentó detrás de mí, me bajó la bragueta y me masturbó lamiéndome las orejas. Desde entonces, cuando se lo pedía, ella me la corría así.

También me hacía jugar un juego que llamábamos *la camita*: ella se bajaba el pantalón hasta las rodillas y dejaba que yo pusiese mi sexo entre sus muslos, no muy lejos del calzón, y apretaba mi sexo con sus piernas y lo movía y se movía, hasta manchar de blanco sus piernas blancas.

Yo estaba seguro de que, si tenía paciencia, Micaela me iba a dar su virginidad.

Pero una tarde ocurrió un accidente. Habíamos terminado de agarrar y ella bajó de la cama, se agachó para recoger sus zapatillas y vio una revista debajo de la cama. La sacó. Era una *Playgirl* que yo había comprado. La hojeó, vio las fotos de hombres desnudos y me preguntó qué hacia esa revista ahí.

—Me dio curiosidad —confesé, avergonzado.

Se quedó sorprendida. Me preguntó si era maricón. Así, bruscamente:

—No me digas que eres maricón, Gabriel.

—No soy maricón —le dije—. Pero creo que soy bisexual.

Micaela se quedó muda. Salimos al balcón y le conté todo: mis experiencias con prostitutas, mis juegos con su prima Andrea, lo mucho que había deseado a Matías, su ex novio.

Estaba sorprendida. No lo podía creer. Me preguntó si había pasado algo sexual entre Matías y yo.

—Una vez se la corrí —confesé.

Hizo una mueca de asco.

—¿Se la corriste? No lo puedo creer. No lo puedo creer. ¿Y yo estoy besando al mismo chico que se la corrió a mi ex? No lo puedo creer, Gabriel. ¿Sabes qué? Me da asco. Todo esto me da asco.

Estaba histérica, hablaba a gritos, le saltaban las lágrimas.

Le pedí disculpas pero ya era tarde. Se fue llorando, asqueada y confundida por haberme deseado. Quise abrazarla, darle un beso, pero ella me dijo:

—No, Gabriel. Besarte sería como besar indirectamente a Matías.

Y se fue, apenadísima.

La llamé al día siguiente. Me contestó con voz muy seca y me dijo que necesitaba estar sola, que por favor no la llamase más. No regresó al hostal.

Veintidós

No lo esperaba, no estaba preparado para verlo de pronto.

Una mañana me llamaron al cuarto y me dijeron que el señor Guzmán me esperaba abajo, en la recepción.

Tenía que ser Matías, no podía ser su padre.

Me puse muy nervioso. Bajé a ver al señor Guzmán. En efecto era Matías y no tenía buena cara.

—Qué milagro por acá —le dije.

—Quiero hablar contigo —me respondió.

Era obvio que estaba molesto.

—¿Salimos a dar una vuelta o subimos a mi cuarto? —pregunté.

—Mejor vamos a tu cuarto —dijo.

Subimos las escaleras (él adelante de mí, subiéndolas de dos en dos, apurado) y entramos en mi cuarto. El sol caía sobre el balcón, calentando el piso, y unos pájaros cantaban en el árbol de enfrente.

Matías salió al balcón. Salí detrás de él.

—¿Qué andas haciendo? —me preguntó, sin mirarme.

—No mucho —dije.

—Lástima que te botaron de la universidad —dijo.

—Tenía que ocurrir —dije.

Algo le molestaba.

—¿Qué sabes de Dieguito? —preguntó.

—Nada —dije—. Se ha perdido.

Matías sabía que yo había tratado de matarme por él, por despecho, por amor a él, Dieguito se lo había contado, pero no dijo nada al respecto.

No pudo aguantarse más:

—O sea que ahora sales con Micaela.

Me miró con rabia.

—A veces pasa por acá y vamos a tomar un café —dije—. Pero ustedes ya pelearon, ¿no?

Me miró como diciéndome *no te creo nada, traidor.* No sé si todavía estaba enamorado de Micaela, si alguna vez lo estuvo, pero la idea de que yo saliese con ella, su ex novia, parecía hervirle la sangre.

—¿Te la has agarrado? —me preguntó.

Hizo crujir los nudillos de sus dedos. Solo hacía eso cuando estaba nervioso y molesto.

—Nada que ver —dije, y sentí que no me había creído.

—Eres una rata —dijo, y me miró como si me odiase—. Micaela me ha contado que han chapado y que han agarrado.

Me quedé callado, no supe qué decir.

—Eres una rata —repitió—. No me imaginé que podías caer tan bajo, Gabriel. Y encima eres un rosquete de lo peor. ¿Cómo chucha se te ocurre contarle a Micaela que me la corrías, huevón? ¿Cuándo en tu puta vida me la has corrido? Ya quisieras, carajo, ya quisieras.

—Yo no le he dicho eso —mentí.

Estaba asustado y no sabía qué decir. Nunca he sido un valiente.

—Y encima mientes, cabrazo. No mientas, huevón. Te digo que Micaela me ha contado. Fue a mi casa y me contó todo. ¿Cuándo me la has corrido tú, huevón? ¿Cuándo? Yo nunca dejé que me vinieras con mariconadas.

Me quedé callado, odiándolo. Me hablaba con los puños cerrados, como si quisiera pegarme.

—Hay que ser bien hijo de puta para agarrarse a mi hembrita y después contarle que me la corrías. En tu puta vida me la has corrido, maricón. ¡En tu puta vida!

Ahora gritaba y estaba más cerca de mí. *Me va a pegar*, pensé.

—No grites, que nos van a escuchar —dije.

—¿Quieres chupármela, rosquete?

Se sacó la pinga grande y preciosa que tantas malas noches me había provocado.

—Chúpala, pues. Chúpala, maricón.

No supe qué hacer. Pensé *si no se la chupo, me va a pegar*.

—¡Chúpala, carajo! —ordenó.

Me cogió de los pelos, me empujó hacia abajo, me hizo arrodillarme y metió su sexo en mi boca. Comenzó a moverse fuertemente. Me dieron náuseas.

Quise zafarme para respirar, pero él no me dejó.

—Chúpala, rosquete. Chúpala, traidor. Así, así, como una puta.

Me jalaba los pelos, me la metía con odio, terminó en mi boca.

No escuché cuando Matías salió del cuarto porque estaba vomitando en el baño.

Veintitrés

Estaba duro, con mucha coca en la cabeza, y solo pensaba una cosa, *tengo que vengarme de este hijo de puta.*

Fui a una ferretería en Conquistadores, compré una brocha y un galón de pintura blanca y regrese al hostal.

Esperé a que se hiciera de noche, seguí jalando coca, fui al pub cerca de El Olivar y me bajé un par de whiskys.

El tipo de la barra me preguntó qué me pasaba. *Nada*, le dije. No quería hablar con nadie.

Regresé caminando al hostal, saqué la pintura y la brocha y paré un taxi. *A la universidad Católica*, le dije al chofer.

Se demoró casi una hora en llegar, el camino se hizo largo, había mucho tráfico por la Javier Prado y un semáforo malogrado en la avenida La Marina. El taxista me dejó en la entrada de Letras. La reja estaba cerrada, todo oscuro, nadie por ahí. Miré si había un vigilante a la vista; nada.

Caminé un poco más allá, no tan cerca de la reja, y abrí el galón de pintura. Comencé a pintar. Pasaban pocos carros. Pasaban rápido y todo estaba oscuro y probablemente no me veían o no les importaba lo que un tonto estuviera pintando en la pared, no, en todo caso, como para detenerse.

Seguí pintando letras grandes, blancas, sobre la pared de ladrillos. No me tomó más de cinco minutos. Cargué la lata de pintura, crucé la pista y leí: «Matías Guzmán es un cabro».

Sonreí. Se veía de putamadre. Si hubiese tenido plata, hubiera contratado un globo aerostático para que diera vueltas por el cielo de Lima con esas palabras.

Paré un taxi, subí y regresé al hostal. De algo estaba seguro: Matías iba a saber quién había pintado eso.

Veinticuatro

Iba caminando a media tarde hacia una librería de la calle Libertadores. Caminaba bordeando el parque El Olivar.

De pronto escuché que un carro se detuvo detrás de mí. Volteé. Vi a Matías y a su hermano Lucho bajándose del carro. Venían corriendo. Era obvio que venían a pegarme.

Corrí por el parque lo más rápido que pude. Volteé para calcular en cuánto tiempo me alcanzarían. Lucho iba varios pasos por delante de Matías. Los dos corrían más rápido que yo, se acercaban.

Estaba jodido, no era más veloz que ellos corriendo, Lucho era un atleta y Matías venía con cara de loco.

—Da la cara como hombre, rosquete —escuché la voz de Lucho, el oficial de la Marina, un sicópata de cuidado.

Lucho se arrojó sobre mí y me derribó. Caí boca abajo, golpeándome el pecho, los brazos y la cabeza. Eso fue apenas el comienzo: Lucho me tiró tres puñetazos en el estómago que me dejaron sin aire.

—¡Cabro de mierda! —gritó.

Luego llegó Matías, me escupió en la cara y empezó a patearme. Me cubrí la cabeza con las manos, me ovillé en posición fetal y él siguió pateándome en la espalda, en el culo, en las piernas y en la cabeza.

—¿Pendejo eres, chonchatumadre? —gritaba—. ¿Pendejo eres?

Lucho también me pateaba, yo sentía como si estuviesen apedreándome. Matías me dio dos patadas más y dijo:

—Escucha, conchatumadre. Si no borras lo que has pintado, regresamos y te rompemos la cara.

—Y te metemos un palo al culo, maricón —añadió Lucho y me aventó una patada más.

Matías me dio otra patada, la última.

—Ya sabes —dijo—. Quiero ver la pared limpiecita mañana.

Se fueron caminando rápido.

Me quedé tumbado en el parque. Me dolía todo el cuerpo, lo que más dolía eran la espalda y la cabeza. Traté de pararme, estaba mareado, me quedé echado un rato más.

Un perro negro se me acercó sin aparentes intenciones hostiles y me olisqueó. A su lado estaba un muchacho en bividí con cuerpo de gimnasta o pesista o adicto a mirarse en el espejo. Era moreno, de pelo negro y brazos anchos, corpulento, lo había visto antes en el parque, trabajaba como instructor de perros.

—¿Qué pasó, hermano? —me dijo, y se puso en cuclillas a mi lado.

—Nada —dije, y cuando hablé, me dolieron las costillas—. Unos huevones, les debo plata.

El tipo me ayudó a pararme, me acompañó hasta la puerta del hostal, me preguntó si iba a estar bien.

—Pásame la voz si necesitas a alguien que te cuide —me dijo.

Entré al hostal. La administradora me vio caminando a duras penas y se asustó.

—¿Qué le pasó, joven?

—Me caí. No es nada.

Subí a mi cuarto, me tiré en la cama, levanté el teléfono y llamé a mi madre.

Me contestó la empleada. Mi madre no tardó en ponerse al teléfono. Le dije que necesitaba verla. Le di la dirección del hostal. Me dijo que salía enseguida. Colgué.

Me quedé tirado en la cama, jodido. Me movía y me dolía todo. Tosía y me dolía. Respiraba y me dolía. Nunca me habían pegado así.

Pensé *estos hermanos Guzmán son unos delincuentes de mierda, cuando tenga más plata los mando matar.*

Mi madre llegó apurada.

—Me quisieron robar —le mentí—. No me dejé y me pegaron de alma.

—Mi Gabrielín —dijo ella, y me dio un beso en la frente.

—Llévame a la clínica, por favor —le dije.

Sacó una estampita del Papa Juan Pablo II y me la dio.

—Rézale en el camino —me dijo.

Guardé la estampita y me levanté con la ayuda de mi madre. Subimos a su carro. Manejó. Llegamos a la clínica Americana en diez minutos. Entramos por emergencia, yo cojeando, apoyado en ella. Me echaron en una camilla, vino un médico, me revisó. Dijo que no había fracturas, solo contusiones internas, me dio unas pastillas para aliviar el dolor, me sugirió reposo absoluto dos o tres días y, si el dolor persistía, que regresara para hacerme unas radiografías.

Mi madre le pagó. Regresamos al hostal.

—Necesito plata, mami —le dije, en su auto—. Tengo que pagar la universidad. No tengo un centavo.

Me miró con ojos bondadosos.

—¿No me estás mintiendo, Gabriel?

—¿Cómo se te ocurre, mami? ¿No confías en mí?

Hubo un breve silencio.

—¿Cuánto necesitas?

—Mil dólares.

—¿Tanto?

—Estoy debiendo dos meses.

—¿Y lo que te pagan en la televisión?

—Me robaron todo lo que tenía. Préstame los mil y te los pago cuando regrese de mi próximo viaje a Santo Domingo.

—¿Me das tu palabra de honor, Gabrielín?

—Mi palabra, mami.

Me dejó en el hostal y fue a traer la plata. Cuando volvió, dejó el dinero en la mesa de noche y metió otra estampita del Papa en el cajón.

—Rézale al Santo Padre —me dijo—. Él te va a enseñar el camino.

—Gracias, mami.

Ya me sentía mejor. Las pastillas y los mil dólares aliviaron el dolor. Fumé un troncho. Mala idea: se sentía más fuerte el dolor. Aun así, saqué fuerzas para cargar la lata de pintura blanca que me había sobrado la otra noche, llamé un taxi por teléfono y le dije que me llevase a la universidad Católica.

El taxi me dejó en la puerta de letras. Ahí estaba mi inscripción. Se veía de putamadre. Me acerqué a la pared y escribí una palabra, solo una más. Paré otro taxi y alcancé a leer: «MATÍAS GUZMÁN ES UN CABRO CHUPAPINGAS».

A la mañana siguiente fui al aeropuerto, compré un boleto de avión para Tumbes y me fui a descansar a Punta Sal.

Sentado en el avión, saqué la estampita del Papa Juan Pablo II y la besé.

—Gracias, polaco —dije.

Veinticinco

Por miedo a que Matías y el sicóptata de su hermano Lucho me encontrasen y me diesen otra paliza, no regresé más al hostal El Olivar, preferí alojarme en el hostal El Doral, en la avenida Pardo de Miraflores.

Era un edificio moderno, de cuatro pisos, con piscina y restaurante en la azotea. Mi cuarto no estaba mal, era alfombrado, con dos ambientes y vista hacia la calle.

Compré bastante marihuana y me dediqué a esperar (fumando) mi próximo viaje a Santo Domingo.

Un día sonó el teléfono. Era mi padre. No había hablado con él desde la última navidad.

—¿Cómo estás, hijo?

—Muy bien, muy bien.

¿Cómo sabía que estaba en ese hostal? ¿Cómo había dado conmigo? No tuve que preguntárselo. Me lo contó, orgulloso.

—El dueño de El Doral es Polito Martínez, un buen amigo mío. Me llamó a contarme que estás ahí. ¿Cómo te están tratando? ¿Todo bien?

—Todo bien, por suerte.

Se hizo un silencio.

—Oye, hijo, ¿qué te parece si almorzamos juntos un día de estos?

—Claro, papi, encantado.
—¿Adónde te gustaría ir?
—Adonde tú quieras. Elige tú.
—¿Qué te parece La Carreta?
—Perfecto —dije.

Acordamos vernos en La Carreta al día siguiente.

¿Qué quería mi padre? ¿Qué se traía entre manos?

Pensé *mi mamá le ha contado que la llamé, que me habían robado, que me prestó mil dólares para pagar la universidad y él se ha preocupado, se ha sentido culpable.*

Esa noche pase por el parque de Aceituna. Por suerte lo encontré y le compré coca de la buena.

No quise jalar esa misma noche, la guardé para el día siguiente. Sin coca, no iba a tener valor para ir al almuerzo con mi padre.

Amanecí nervioso. Nunca le había contado a mi padre que me gustaban los chicos (aunque creo que él ya lo sospechaba). Tampoco le había contado que necesitaba meterme drogas. Tampoco le había dicho que me habían botado de la Católica, que había vendido mi leal Fiat Brava, que estaba solo y jodido, que odiaba el mediocre programa de televisión que hacía en Santo Domingo, que los facinerosos de los hermanos Guzmán andaban buscándome.

En realidad nunca había conversado con mi padre de nada que fuese importante para mí, nunca se dio el trabajo de escucharme o yo siempre le tuve miedo.

Por eso necesité aspirar coca antes de ir al almuerzo. Jalé un par de tiros, me di una ducha y me puse un terno. La Carreta era un lugar elegante, había que estar a la altura, no quería dar la imagen de un perdedor.

Llegué antes que mi padre. Me senté en la barra y pedí un whisky. Eché un vistazo: tipos con corbata hablando de política y negocios y, ya bajando la voz, de mujeres.

Terminé el whisky, fui al baño y me metí un par de tiros más.

Al salir del baño me encontré con mi padre en la barra. Hacía tiempo que no lo veía. Estaba robusto, guapo, bien bronceado, con el aire arrogante que le conocí desde niño.

—Hola, hijo.

—Hola, papi.

Le di un beso en la mejilla y sentí un fuerte olor a trago y a ajo.

Una chica guapa nos hizo pasar al comedor y nos sentó al lado del *salad bar.* Mi padre miró el *salad bar* con aire desdeñoso y dijo *Hay que ser huevón para venir a comer ensaladas acá.*

Cuando se acercó el mozo, mi padre, sin consultarme, pidió dos parrillas completas, una fuente de papas fritas y un vino chileno.

—¿Qué tal tus clases en la universidad? —me preguntó.

—Muy bien —mentí—. Todo bien.

—Me alegra, me alegra.

Mi padre no parecía lamentar que nuestra relación hubiese sido una larga suma de desencuentros y malentendidos. Probablemente me culpaba a mí de todo ello: *Gabriel quiso irse de la casa a los quince años, Gabriel quiso vivir con sus abuelos, Gabriel quiso largarse a vivir en hostales de medio pelo; que se joda, pues; uno no va a estar pidiéndole de rodillas que regrese; el muchacho ya es hombre y tiene que aprender a desahuevarse solito.*

—Tu mamá me contó que te asaltaron en El Olivar.

—Sí, me agarraron entre tres y me quitaron la billetera y el reloj.

—¿El que yo te regalé, el Rolex Oyster?

—Ajá.

—Hijos de puta.

Trajeron el vino, lo abrieron, mi padre probó, aprobó.

—¿Cuánto tenías en la billetera?

—Mil dólares.

—Mala suerte, carajo.

Tomó un trago, eructó.

—Me contó tu mamá que te prestó una plata.

—Sí, sí —me puse nervioso.

—¿Pagaste tu universidad?

—Sí, ya está todo pagado.

—No te preocupes por la plata, hijo. No tienes que devolverle nada a tu madre.

—Gracias, papi.

Abrió su maletín, sacó un pequeño tubo negro y me lo entregó.

—Es un *paralizer* —dijo—. Llévalo siempre. Si te quieren robar, aprietas y sale un gas tipo *spray* y lo jodes al ladrón, le dan unos vómitos del carajo, lo tiras al suelo con una fumigada de gas.

—Gracias, papi.

Metí el tubito en mi bolsillo.

—Tu mamá lo lleva a todas partes, es ideal para las mujeres, tú sabes que ella le tiene miedo a las armas.

—Voy un ratito al baño —dije.

Fui al baño, aspiré más coca, me lavé la nariz para borrar los rastros del polvillo blanco y regresé a la mesa. Ya habían servido la comida, mi padre estaba comiendo, despedazaba la carne (las venas marcándose en su mano peluda) y masticaba muy deprisa, como si fuese una competencia.

—¿Estás saliendo con alguna chica, hijo?

—Con una chica de la universidad —mentí, para complacerlo.

—¿Cómo se llama?

—Micaela.

—¿Micaela qué?

—Micaela Arbulú.

—¿Hija de Manolo?

—Ajá.

Mi padre sonrió con aire displicente.

—Manolo estuvo en mi promoción del Santa María —dijo—. Buena gente, pero un huevón a la vela, un huevón diplomado.

No supe qué decir.

—¿Qué hace la chica? ¿Cómo me dijiste que se llama?

—Micaela.

—Eso, Micaela. ¿Qué hace?

—Estudia en la Católica.

—Muy bien, muy bien. Una pareja de profesionales. Muy bien.

En realidad, creo que le importaba poco, creo que lo único que quería saber era que su hijo Gabriel salía con chicas, que no era un maricón como él había sospechado hacía mucho tiempo.

—Hijo, hay algo que quiero decirte.

Lo dijo con voz grave.

—Dime, papi.

Se echó un vino para calentar el cuerpo.

—Puedes regresar a la casa cuando quieras. No tiene sentido que botes tu plata viviendo en hostales, hombre. Regresa. En la casa sigues teniendo tu cuarto.

—Gracias, papi.

Me miró con cariño.

—¿Vas a regresar?

—No sé, papi. Déjame pensarlo.

Entonces movió la cabeza, contrariado, y se llevó un pedazo de carne a la boca.

—¿Por qué sigues haciéndote la víctima?

Me quedé callado.

—¿Por qué vives resentido, Gabriel? ¿Qué te he hecho yo para que me odies, dime? —ahora estaba molesto—. Tampoco te voy a rogar, pues. Si no quieres volver, allá tú. Jódete. Bota tu plata cojudamente. Si sigues así, vas a terminar como cajero de un banco.

Desde que era niño, mi padre me había dicho eso: *vas a terminar como cajero de un banco.*

Prendió un cigarrillo, me cubrió de humo y habló más tranquilo.

—Piénsalo, pues, Gabriel. No seas huevón.

—Ya, papi.

Sonó su celular. Contestó.

—Hola, flaca. Dime. Sí, dile que me espere, que ya voy para allá. Chau, flaquita.

Colgó y luego, diriéndose a mí:

—Era María Pía, mi secretaria.

Yo nunca lo había escuchado hablarle a mi madre tan dulcemente.

Guardó su celular.

—Me había olvidado que tengo un directorio —dijo.

Pidió la cuenta. Sacó su billetera. Me dio cien dólares.

—Para que invites a comer a tu chica. ¿Cómo dijiste que se llama?

—Micaela.

—Micaela. La hija del huevas tristes de Manolito Arbulú.

—Gracias, papi —dije, y guardé la plata.

Trajeron la cuenta, pagó con su tarjeta y salimos rápido. Lo esperaban el chofer y el guardaespaldas del banco.

—¿Y tu carro? —me preguntó.

—Lo dejé a la vuelta —mentí.

Le di un beso rápido en la mejilla, subió a su Volvo con lunas oscuras y se fue apurado. Había cumplido su deber de padre: me había dado un gas paralizante contra los ladrones, plata para que saliera a comer con mi chica y, lo más importante, me había dicho que podía volver a su casa cuando quisiera.

Lo vi alejarse tras las ventanas oscuras del Volvo, hablando por el celular. Lo imaginé diciendo *flaquita, anda haciéndome un café que voy para allá*. Lo imaginé pensando *flaquita, si no fuera porque tenemos directorio, te llevo un rato al Sheraton y te meto tres polvos seguidos.*

Entré al baño de La Carreta, me metí un par de tiros y pensé *uno no escoge a sus padres, así nomás es.*

Veintiséis

El Biz Pix era una discoteca oscura, escondida en un sótano de la avenida Pardo. Quedaba muy cerca de El Doral. La descubrí una noche y me gustó. Desde entonces iba los fines de semana.

El vigilante me dejaba entrar sin pagar (a cambio tenía que invitarle un par de tiros en el baño); el tipo de la barra me trataba con cariño; el chico que ponía la música, si yo le pedía una canción, la hacía sonar sin demora.

No me gustaba bailar. Me quedaba sentado contra la pared, mirando a la gente, bajando la coca con cerveza.

Lo que me molestaba era el humo, todo el mundo fumaba y el humo me intoxicaba. Salía apestando a tabaco, no aguantaba más de dos horas en el Biz Pix.

Una noche me encontré con Micaela. Creo que la vi antes de que ella me viese. Estaba bailando con un chico guapo. Ya lo había visto antes, en la Católica, en Artes. Era pintor.

Bien por ti, Micaela, pensé. *Bien por deshacerte de Matías.*

Micaela bailaba lindo, con mucho ritmo. Se había puesto un vestido que dejaba ver sus piernas preciosas. Se le veía en los ojos que estaba feliz.

Esperé a que terminasen de bailar y me acerqué a ella. Quería saludarla, pero también me moría de ganas de que me presentase a su acompañante, el pintor.

Micaela me vio y me abrazó con una ternura que yo no esperaba. A pesar de que me había tratado duramente cuando le conté mi lado gay, yo la seguía queriendo.

Entonces me presentó al chico que la acompañaba: alto, delgado, vestido todo de negro, el pelo largo, la mirada intensa, los labios voluptuosos, sensuales.

Se llamaba Toño. Nos dimos la mano.

Micaela dijo que tenía que hablar conmigo y me llevó a la barra. Compré unas cervezas mientras ella me pedía disculpas. Me dijo que se había portado como una niña conmigo, que me había hecho una escena de telenovela, que no le importaba si yo era gay o bisexual, que, igual ella me quería horrores.

La abracé fuerte, la besé en la frente, le dije que siempre la iba a adorar.

Le pregunté por Toño.

—¿Qué te parece? —me preguntó.

—Guapísimo —le dije.

—Estamos juntos.

—Bien por ti. Te envidio.

Se habían conocido en la universidad. Toño era un amor, un chico súper sensible, súper cariñoso, con un sentido del humor increíble, la hacía cagarse de risa. *Nada que ver con Matías, otra cosa, qué alivio haber terminado con Matías, era un inmaduro, un idiota, un narciso.*

Le llevamos una cerveza a Toño y, después de echarse un par de tragos, se fueron a bailar. Me quedé mirándolos. Hacían una linda pareja. Hubiera pagado por verlos desnudos, haciendo el amor.

En un momento, Micaela me pasó la voz y me hizo señas para que me acercase a ellos. Dejé mi cerveza y fui.

—Baila con nosotros —me dijo.

Toño me miró y sonrió, coqueto. Me puse a bailar con ellos. Bailaban mejor que yo.

Al menos en teoría, creo que hubiera sido divertido meternos en la cama los tres.

Dejamos de bailar y Micaela me abrazó, estaba más cariñosa nunca.

Toño dijo que tenía que ir al baño.

Yo dije que iba a la cabina de música para pedir una canción.

Micaela se sentó por ahí y prendió un cigarro.

Seguí a Toño con la mirada. Fue al baño. Lo seguí.

Toño estaba echándose agua en la cara, mirándose en el espejo.

Le invité un par de tiros.

—Paso —me dijo, sonriendo.

—Si tú no jalas, yo tampoco —dije, y guardé la coca.

Me paré frente al urinario y me bajé la bragueta. No tenía ganas de orinar. Me quedé ahí parado.

—Micaela es un amor —comenté.

—Un amor —dijo él.

Seguía echándose agua en la cara, en el pelo.

—¿Vienes seguido por acá? —me preguntó.

—Seguido —dije—. Bien seguido.

Me miró y sonrió como si me conociese de tiempo atrás. Salió del baño. Salí detrás de él. Paramos en la barra y pedimos más cervezas. Aproveché para preguntarle si de verdad era pintor. Me dijo que estaba exponiendo en una galería de la avenida Larco, que por qué no me daba una vuelta para ver sus cuadros. Le prometí que iría.

Nos sentamos con Micaela. Toño le acarició el pelo, le habló al oído, la hizo reír. Pusieron una canción bonita. Fueron a bailar, se abrazaron, se besaron. Me dieron tantos celos que tuve que ir al baño a meterme más coca.

Veintisiete

Una noche fui a ver la exposición de Toño. La galería quedaba al final de la avenida Larco, en un sótano con pisos de madera.

No me gustaron sus cuadros, eran oscuros, con figuras fantasmagóricas, te hacían pensar en la muerte.

No había nadie en la exposición. Me pregunté *¿cuánto costarán estos cuadros tan feos?*, *¿alguien los comprará?*

Ya me iba cuando Toño apareció de no sé dónde.

—Qué sorpresa —dijo—. Pensé que no ibas a venir.

Quise darle la mano pero me abrazó.

Se había puesto un saco y unos anteojos que le daban un aire intelectual, y el pelo lo tenía largo y desordenado.

—Muy interesantes tus cuadros —le dije—. Muy fuertes.

A veces hay que mentir para ganarse un poco de cariño.

Me dijo que sus cuadros le encantaban a Micaela, que la mamá de Micaela ya le había comprado tres. Pensé *esa vieja arrecha debe de tenerle unas ganas locas a Toño.*

Le pregunté qué tal se estaban vendiendo los cuadros.

—Teniendo en cuenta la situación, muy bien —dijo.

La situación, claro, era un desastre. El Perú era el caos, la decadencia, la mierda pura. El que podía, se iba.

Casi todos mis amigos del colegio se habían alejado: a Estados Unidos los estudiosos, a España los aventureros que se quedaban de ilegales, a Chile algunos ricachones.

Salimos de la galería. La avenida Larco era un espectáculo deprimente: carros desvencijados, el fragor continuo de los bocinazos, en cada esquina un puñado de vendedores de dólares con aire patibulario, gente derrotada y sombría a la espera de un ómnibus.

Toño me sorprendió.

—¿Quieres venir a mi taller?

Le dije que encantado, con mucho gusto.

Caminamos despacio, viendo cómo corrían las ratas y las cucarachas a esconderse en los huecos del desagüe.

Le pregunté por Micaela. Habló maravillas de ella. *Una chica muy tierna, un alma pura, un amor.* La quería como nunca había querido a nadie. Cuando estaba con ella se olvidaba de sus problemas. Era como un ángel, su ángel de la guarda. *Lima sería insoportable sin una chica como Micaela, ¿no crees?*

Parecía estar enamorado.

Su taller era una casa vieja que daba miedo. Toño compartía esa casa con dos amigas escultoras. Las llamó. No había nadie. Subimos al segundo piso. Vi sus pinturas en un cuarto. Tampoco me gustaron, parecían las escenas fragmentadas de una pesadilla. En otro cuarto estaba su cama, apenas un colchón tirado en el suelo, y un libro de Wilde al lado.

Bajamos a la cocina. Era obvio que nadie lavaba los platos. Toño abrió la refrigeradora. Solo había agua, mantequilla y plátanos negros, malogrados. Sirvió dos vasos con un agua que sabía a plátano malogrado y nos sentamos en el piso.

Me preguntó si quería fumar un troncho.

—Gran idea —le dije.

Me dijo que él jamás se metía coca, pero que la marihuana le encantaba. Sacó una chicharra y la prendió.

Se puso coqueto, reilón. Le brillaban los ojos como piedras preciosas. Le dije que su casa me daba miedo. Me dijo que había fantasmas.

Me senté un poco más cerca de él.

—Eres muy guapo —le dije.

Me miró y sonrió.

—Tú también —dijo.

Toqué su cabeza y acaricié su pelo. Se dejó, cerró los ojos. Pensé *le gusto, nos gustamos.*

—¿Puedo darte un beso? —pregunté.

Se quedó callado, los ojos cerrados. Cuando ya iba a besar sus labios de pintor alucinado, me interrumpió.

—Mejor no.

Dejé de acariciar su pelo.

—Un beso —le dije—. Solo un beso

—No me molesta la idea de besarte —dijo—. Me molesta la idea de traicionar a Micaela.

—No tiene por qué enterarse.

Se rió, palmoteó mi pierna.

—El niño terrible de la televisión —dijo, y lo odié.

Sonó el teléfono. Toño corrió a contestar. Era Micaela. Le hablo susurrándole.

Pensé *¿qué hago yo aquí? Hora de irse, Gabriel.* Me fui discretamente, sin que Toño, todavía en el teléfono, se diera cuenta. Salí a Larco y me subí al primer taxi que pasó. *¿Por qué siempre me gustan los chicos equivocados?*, pensé, con tristeza.

Veintiocho

Estoy tirado en la cama del hostal. No puedo dormir. Me he metido mucha coca. Me duele la cabeza. Me patea el corazón. Me odio.

No quiero ser gay. No quiero ser coquero. No quiero vivir en esta puta ciudad de mierda.

Tengo los ojos abiertos, muy abiertos. Me acuerdo de cosas que duelen. Cuando estoy rebotando, esas cosas vienen a mí, me persiguen, me atormentan.

Veo a mi padre pegándome con una correa en el culo.

Veo a mi padre riéndose con sus amigos porque me he caído de la bicicleta como un huevón. Mi padre está borracho, no se levanta a recogerme, no me ayuda, y cuando me pongo a llorar porque me he raspado, me grita *¡los hombres no lloran, carajo!*

Veo a mi padre disparándole a mi perra Blackie solo porque Blackie se cagó en la puerta de la casa y mi padre pisó esa caca y se embarró el zapato. Blackie aúlla, cae patas arriba, la panza reventada.

Veo a mi padre obligándome a tirarme una cabecita más en la piscina del club y me tiro un panzazo más y me arde la barriga y él se pone furioso.

Veo a mi padre quitándome de un manazo mi álbum de futbolistas, rompiéndolo en pedacitos, diciéndome *vago de mierda, deja de coleccionar figuritas, si tanto te gusta el fútbol métete a las inferiores de la U y juega como hombre, carajo.*

Veo a mi padre pellizcándole el culo a Eulalia, la cocinera, y ella lo mira coqueta y él le dice algo en voz baja y los dos se ríen, cómplices.

Veo a mi padre en la ducha, mirándome la pinga, diciéndome *parece que no has sacado la pinga de mi familia, Gabriel, has salido manicero como la familia de tu mamá*, y se ríe.

Veo a mi padre vomitando. Vomitando en la pista, parados al borde de la carretera. Vomitando en el baño de visitas el día que Perú le ganó a Escocia en el mundial del 78. Vomitando en el balcón del hotel de turistas de Piura, aquella vez que me llevó a un viaje de negocios.

Veo a mi padre limpiando sus armas. Las limpia todos los fines de semana. Las acaricia como nunca lo he visto acariciar a mi madre.

Veo a mi padre pegándome diez veces con una correa en el culo porque no quiero limpiar sus zapatos.

Veo a mi padre pegándome diez veces con una correa en el culo porque me han jalado en educación física.

Veo a mi padre pegándome diez veces con una correa en el culo porque no quiero comer camarones.

Veo a mi padre frente a mí con unos guantes de box, yo también me he puesto guantes de box, él ha querido boxear conmigo, trato de darle un buen puñetazo pero no acierto, él esquiva mis golpes débiles y me golpea con sus manos de oso en la cara y la barriga hasta que no aguanto más y le grito *¡abusivo!* y corro al baño y me encierro a llorar.

Veo a mi padre llevándome al colegio a toda velocidad, insultando a los camioneros que no lo dejan pasar, diciéndome que soy un ocioso, un maricón, un hijito de mamá, que cuando sea grande voy a ser cajero de un banco o vendedor de Sears. *Un hijo rosquete y vendedor de Sears; qué mala suerte, carajo*, dice, y me mira con desprecio.

Veo a mi padre tragándose un huevo crudo, obligándome a tragar un huevo crudo. No quiero. Me abre la boca a la fuerza, me mete el huevo crudo con cáscara y todo. Me cierra la boca y me obliga a tragarlo. Vomito. Le vomito el pantalón. Entonces él agarra otro huevo, lo parte en mi cabeza y me dice *huevonazo*.

Veo a mi padre y lo odio.

Lo veo grande, fuerte, con sus ojos echando llamaradas de rabia y su bigote de mariachi y sus brazos de boxeador retirado. Lo veo desnudo, peludo, saliendo de la ducha, mirándome con una mezcla de burla y desprecio.

No puedo ser tan macho y recio como tú, papá. No puedo. Hubiera preferido ser mujer. Hubiera preferido no ser tu hijo. Hubiera preferido que te murieras el día en que chocaste borracho.

Veintinueve

Lo veía ciertas tardes desde la ventana de mi cuarto. Se sentaba en una banca de la avenida Pardo, prendía un cigarrillo, cruzaba las piernas y veía pasar los carros.

Era alto, ligeramente moreno, de facciones suaves en el rostro, delgado, de pelo negro. Se parecía un poco a mí, por los ojos achinados y la boca grande.

Lo veía sentado en la banca, esperando. Creo que él no me veía porque los vidrios oscuros del hostal se lo impedían.

Su espera podía ser larga: media hora, una hora, hora y media, pero no se levantaba de la banca, sabía lo que quería, sabía ser paciente.

Apenas si miraba, y con desdén, a los carros que pasaban. Más bien esperaba, con cierta indiferencia, a que se fijasen en él. Si lo miraban con interés, entonces devolvía la mirada y hacía un gesto casual (levantar las cejas, sonreír a medias). Cuando un carro paraba en la esquina, él se acercaba despacio, sin apuro, tomándose su tiempo. Caminaba con sus piernas de venado y unos jeans que delataban cierta antigüedad.

Conversaban algo rápido. Por lo general, él subía y el carro se perdía por la avenida Pardo o doblaba en la esquina, rumbo al malecón. A veces el carro se iba (no se habían puesto de acuerdo o él no había confiado en el conductor) y volvía a su banca para seguir esperando.

Mis tardes eran fumarme un troncho, o dos, o tres, y mirarlo sin que él supiese que admiraba su audacia y su distraída belleza.

Había ciertos carros, ciertos tipos en corbata, a los que ya reconocía. Aparecían a media tarde, la hora en que la gente salía de la oficina y el tráfico se hacía más espeso. A esos, a los que ya conocía, él no les hablaba antes de subir, simplemente subía, eran clientes habituales.

No había que ser muy listo para saber que se dejaba acariciar por un poco de plata.

Había otros que se ganaban la vida como él. En el parque de Miraflores, por la noche, un puñado de jóvenes se prostituía por poco dinero o por una buena hamburguesa o por algo de droga.

Pero él había escogido la avenida Pardo, la calle frente a mi hostal, y era el único en ofrecerse en esa avenida.

No venía todos los días y cuando no venía su banca quedaba vacía y la avenida se veía fea y gris, él la embellecía con su cara de niño malo y sus piernas de jirafa asustada.

Tenía que conocerlo. ¿Por qué un chico guapo se dejaba agarrar y manosear por cualquiera? ¿No le daba vergüenza? ¿No tenía cabeza para más? Los pobres chicos drogadictos del parque de Miraflores, los soldados paupérrimos que necesitaban ganarse un dinero en su día libre, en fin, uno los podía entender; pero él, tan bien puesto y con esa mirada tan despierta, ¿qué hacía de puto en la cuadra seis de la avenida Pardo?

Yo no hubiera podido. No hubiera podido dejarme besar por el gerente de un banco estatal con mal aliento, caspa y una esposa gorda esperándolo en casa. No hubiera podido dejármela chupar por un viejo bronceado que todas las mañanas jugaba frontón en el Waikiki y miraba los culitos de las chiquillas, relamiéndose. No hubiera podido. Me hubiera fallado el estómago. Hubiera vomitado. Pero él tenía estómago, mucho estómago.

Una tarde pensé *desahuévate, anda, háblale.* Escondido tras mis anteojos oscuros, chupando un caramelo de limón para suavizar el aliento a marihuana, salí del hostal, crucé la Pardo y me acerqué a él.

Lo saludé, le di la mano, le dije que me llamaba Gabriel y que vivía al frente, en ese hostal.

Sonrió y me dijo que se llamaba Manolo.

Le pregunté si quería tomar algo. Debía de tener hambre porque se paró de un salto. Era más alto que yo y tenía unas manos muy grandes, como de basquetbolista.

Cruzamos la pista y nos metimos al Tip Top, una cafetería al paso. Caminando a su lado, sentí como si nos conociésemos de tiempo. Manolo pidió una hamburguesa doble y un *milkshake* de chocolate; yo, una limonada. Devoró la hamburguesa sin modales refinados, era obvio que estaba muerto de hambre.

De cerca se veía muy bien. Tenía la piel morena. Olía un poco fuerte. Necesitaba bañarse y echarse un buen perfume. Sus manos, siendo bonitas, estaban sucias, las uñas negruzcas.

Manolo comió, yo hice las preguntas.

Dijo que tenía diecinueve años. Su padre era español y estaba haciendo negocios en Lima. Su madre era peruana y había muerto cuando él tenía trece años (no le pregunté de qué murió). No había terminado el colegio. Lo habían botado del Champagnat en cuarto de media por faltarle el respeto a un cura. Se había ido a España a vivir con unos tíos pero no se había acostumbrado (extrañaba las buenas drogas de Lima) y, además, tampoco quería hacer la mili, así que regresó. Estaba buscando trabajo. Mientras tanto, se ganaba un billete fácil ofreciéndose en la calle. Era un trabajo relajado, sin horarios. Lo hacía dos o tres veces por semana y se levantaba por lo menos quinientos dólares al mes y a veces, con suerte, mil.

No parecía estar mintiéndome.

Le ofrecí un postre. Pidió una copa de helados con bizcotelas. No me hizo preguntas. No me reconoció de la televisión. No parecía tener mucho interés en conocerme o en saber mi pasado. Me trató como a un cliente más y eso me gustó.

Cuando trajeron la cuenta, estaba muy claro quién iba a pagar, él ni la miró.

Manolo me agradeció el lonche y me preguntó si quería que me acompañase a mi cuarto: negocios son negocios.

No me provocó ser un cliente más. Le tenía ganas, sin duda, pero prefería ser su amigo. Le dije que mejor no, que así estaba bien. Se sorprendió. Insistió en ir a mi cuarto para bajar el lonche. Le dije que así estaba bien, que no me debía nada. Nos dimos la mano y me sonrió con cariño. Sentí que había hecho bien en no cobrarle el lonche con besos y caricias furtivas.

Manolo regresó a su banca y yo a mi cuarto. Me senté en la alfombra y vi cómo subió a un carro negro de lunas oscuras. Me dio pena por él.

La siguiente tarde que lo vi sentado en su banca, bajé y le pregunté si quería fumar marihuana conmigo. Subimos a mi cuarto. Me preguntó cómo hacía para pagar el hostal. Le mentí, le dije que no me cobraban, que el dueño del hostal era amigo de mi papá.

Fumamos marihuana con la ventana abierta, viendo el tráfico de la avenida Pardo, la banca vacía donde él trabajaba o se ganaba la vida.

Nos sentamos en la alfombra.

Le pregunté si su padre sabía que él se ofrecía en la calle. Me dijo que a su viejo no le importaba nada, que era un coquero y un hijo de puta, que todos los días andaba durazo y con una mujer distinta.

Le dije que yo, en su caso, teniendo pasaporte español, me largaría a España cuanto antes. Me dijo que él no haría eso ni cagando porque, si llegaba, lo arrestaban y lo obligaban a hacer la mili, el servicio militar.

Le pregunté si no le molestaba tener sexo con extraños. Me dijo que a veces sí, que por supuesto no era una cosa agradable, que solo pensaba hacerlo por un tiempo corto y después se iba a retirar. Quería juntar plata y comprar un pasaje para irse a Miami. Allá tenía unos primos que habían hecho buen dinero en el negocio de la coca. Ahora tenían una discoteca y un restaurante y estaban limpios.

Estábamos sentados en la alfombra, apoyados en la cama, mirando el predecible y moroso espectáculo de la avenida Pardo a media tarde, un día de semana cualquiera. Le pregunté qué hacía con sus clientes en esos carros a los que lo había visto subir tantas veces. Me dijo que eso dependía, que cada uno tenía sus gustos y aficiones particulares. La mayoría se la chupaba. Por una chupada cobraba veinte dólares. Eso sí, él no se la chupaba a nadie aunque le pagasen toda la plata del mundo. Había otros que querían recibir por detrás. Eso era más jodido. En esos casos se ponía un condón y pensaba que se estaba culeando a una hembrita. Total, todo estaba en la cabeza, *¿no?* Por si acaso, me dijo, él era activo, no pasivo, él no chupaba pingas ni se dejaba atorar por atrás.

Le pregunté si todos sus clientes eran hombres. *Bueno, no todos, pero casi todos.* Una vez se lo había levantado una vieja pituca que tenía un depa frente al Golf y que le había metido una mamada impresionante, los dos en el jacuzzi escuchando a Pavarotti. También había una señora que, cada vez que su marido viajaba, salía a buscarlo y le pedía un polvo tras otro, insaciable la tía.

Le pregunté si era gay. Me dijo que no, que a él le gustaban las hembritas.

Entonces me preguntó si yo era gay (no dijo *gay*, dijo *maricón*). Le dije que no. No quería espantarlo.

Desde esa tarde, Manolo comenzó a venir al hostal y fumarse un troncho conmigo antes de salir a trabajar. No tenía que acercarme a su banca, él venía a tocarme la puerta.

Una tarde, después de fumar, me pidió que le prestase plata. Me dijo que había embarazado a una amiga y que necesitaba dinero para hacerla abortar. Le pregunté cuánto quería. *Doscientos dólares*, me dijo. Le pregunté cuándo me los iba a pagar. Me prometió que me los devolvería en una semana, que le iba a robar plata a su padre. Yo no quería darle la plata porque sospechaba que no me pagaría, pero tanto me rogó que se la di. Me agradeció con un abrazo.

Antes de que se fuera, le dije que yo también quería pedirle un favor.

—Lo que quieras —me dijo.

—Quiero verte sin ropa.

Me miró sorprendido. Tal vez pensó que era una broma. Cuando vio que la cosa iba en serio, me preguntó:

—¿Eres maricón?

—No, pero tú me gustas.

Se bajó el pantalón y los calzoncillos. tenía una pinga pequeña y bonita. Me miró, las manos en la cintura, muy relajado.

—¿Quieres chupármela? —preguntó.

—No —le dije—. Así está bien.

Se subió el pantalón, me agradeció por darle el dinero y salió apurado.

No supe de Manolo en varias semanas. No se apareció en la banca, no vino a tocarme la puerta. ¿Su amiga había abortado? ¿Le había robado plata a su padre? ¿Me iba a pagar? No sabía nada. Ni siquiera sabía si de verdad se llamaba Manolo. Solo quedaba esperar.

Una noche me lo encontré en el Biz Pix. Estaba muy borracho, solo, con mala cara, con cara de haber pasado muchas malas noches. Le pregunté por el aborto. Me dijo que la chica no había querido abortar, que lo iba a obligar a ser papá, y él no quería ser papá. Se puso a llorar, estaba muy borracho.

Yo tenía coca. Le sugerí ir al hostal. Le pareció una gran idea: se había peleado con su viejo hacia unos días, no tenía dónde dormir. Le pregunté por qué no me había buscado. Me dijo que le daba vergüenza porque no tenía mi plata. Le dije que se olvidara de la plata. Fuimos caminando al hostal. Era de noche. Casi todos los faroles de la alameda estaban rotos o quemados. Unas ratas olisqueaban los desperdicios. Una mujer gorda ofrecía panes con salchicha en una carretilla.

No bien entramos a mi cuarto, saqué la coca y aspiramos.

Me contó de la chica que había embarazado. Era una chiquilla, la había conocido en una fiesta en San Borja, por donde él vivía, se la había tirado pocas veces, nunca con condón (le jodía usar condón), pero siempre terminando afuera, sobre su ombligo, y ahora la pendeja decía que estaba en bola y que él era el papá, ¿cómo carajo sabía él que ella no se había tirado a nadie más por ahí? Él había terminado siempre afuera, siempre la sacaba a tiempo y se venía sobre su barriga, de eso estaba seguro. Pero, bueno, caballero, había conseguido la plata para hacerle la bajada de motor y habían ido a un cucharero ahí en la avenida Aviación, en los altos de un chifa, y la cojuda se había puesto a llorar y no había querido sacárselo, y ahora él no sabía qué chucha hacer, carajo.

—Más tiros, Manolín —le dije—. Eso ayuda a pensar.

Le sugerí que la mandase a la mierda, que si ella no quería abortar, era problema suyo, además, ¿y si el calato era de otro?

No sé de qué más hablamos mientras duró la coca, pero cuando se terminó, yo estaba con ganas de estar callado. Era el feo momento de la bajada, de rebotar.

Me lavé los dientes para aliviar un poco la amargura del aliento, me quité la ropa y me eché desnudo, boca abajo. No me tapé con las sábanas. Me quede ahí, inmóvil.

Manolo estaba sentado en una silla, hablando solo, estaba hablándole a su hembrita, la insultaba.

—Estás bien cojuda si crees que me vas a meter el dedo, enana de mierda. ¿Y si no es mi calato? Jódete, ¿ya? Vete a la mierda. O te lo sacas o no me ves más, pendeja.

Habló y habló, lleno de odio y miedo y amargura.

Cuando se quedó en silencio, me sorprendió. No me di cuenta de que se había quitado la ropa y acercado a mi cama. Se echó sobre mí. Sentí su aliento en mi cuello, su pecho sobre mi espalda, su sexo flácido en mis nalgas.

No hizo nada más. Se quedó echado, cubriéndome como si fuese una frazada. No me besó, no me acarició, no dijo nada. No lo sentí excitado. Yo tampoco me excité. Esperé y esperé y me di cuenta de que él solo quería eso, echarse encima de mí y descansar sobre un cuerpo cálido que no le dijese nada.

Se quedó dormido. Lo sentí roncar en mi cuello. Lo sentí babearme la nuca como un niño.

Yo no me dormí (estaba demasiado duro para poder dormir).

En algún momento, Manolo se despertó (ya era de día), se puso su ropa arrugada y cochina y se fue, zombi, a seguir perdido en esa ciudad donde el destino lo había varado.

cirle adónde me había mudado; al llegar al aeropuerto de Lima me había llamado a varios hoteles hasta dar conmigo; su plan era quedarse una semana sin que sus papás se enteraran, ¿no me molestaba si se quedaba conmigo?

—Para nada, hombre.

Llamé a la recepción y avisé que Dieguito se iba a quedar unos días conmigo. Me dijeron que no había ningún problema, solo que esos días me cobrarían tarifa doble.

Dieguito abrió su maleta. Me había traído de regalo la camiseta número 10 de la selección argentina de fútbol. Yo era, y sigo siendo, hincha a muerte de la Argentina.

Le pregunté si conseguía drogas en Buenos Aires. Me contó que era muy difícil, tenía un contacto (un amigo de su primo Hernando) que le conseguía marihuana de dudosa calidad, pero no había logrado conseguir cocaína, ni siquiera mala, y por supuesto se moría de ganas de meterse una buena armada al llegar a Lima.

¿Estaba estudiando? No mucho. Su papá lo había inscrito en un instituto de negocios, iba tres veces por semana, un aburrimiento del carajo. Pero el ambiente era simpático: gente con plata, chicas guapas, un discreto culto a la vagancia, ese arte tan argentino.

Como no tenía drogas a la mano y Dieguito se moría de ganas de meterse coca, salimos del hostal, tomamos un taxi y fuimos al parque detrás de Wong. Aceituna se emocionó al ver a Dieguito, tiempo que no lo veía, ¿qué había sido de su vida? Se había hecho extrañar. Dieguito pagó la coca y Aceituna le regaló unos gramos extras *por la alegría de verte, causita*.

Regresamos al hostal y atacamos la coca. Estaba buenísima. Después de meterse un par de tiros, Dieguito dijo *si eres coquero, Lima es la mejor ciudad del mundo, no me jodas*.

Estaba más gordo que nunca, pesaba más de cien kilos, en Buenos Aires comía demasiado, mucha carne, muchas empanadas, mucha pasta y nada de coca (y en Lima siempre bajaba de peso porque la coca era una dieta efectiva).

Le conté que había almorzado con mi padre. Se sorprendió. Le enseñé el gas paralizante. Se rió. Le conté que me había invitado a volver a su casa. Me dijo que debería considerarlo. *Imposible*, le dije. *No saben que me han botado de la universidad, que soy un coquero* (no me atreví a decirle: *y que soy bisexual*).

Dieguito siguió jalando coca, pero yo me frené un poco, le dije que no quería terminar mal, rebotando feo, que cuando rebotaba tenía ganas de matarme.

De pronto tuvo una idea: *¿y si llamamos a tu viejo y le hacemos una pasada?*

Yo no tenía el teléfono de su oficina, pero lo encontramos en la guía. Dieguito llamó. Le pasaron con la secretaria. Le dio un nombre falso, dijo que era el gerente del Banco de Lima. *Brillante*, pensé. Mi padre se puso al teléfono y Dieguito le dijo con una voz malvada, siniestra:

—Somos de Sendero. Te vamos a matar, perro burgués.

Colgó, nos reímos, lo abracé.

—Eres un cague de risa, Dieguito.

Me preguntó por Matías. Tuve que aspirar más coca para contárselo todo: se había molestado conmigo porque yo había salido con Micaela y le había contado que entre él y yo habían pasado cosas sexuales, sí, habían pasado cosas, no muchas tampoco pero yo se la había corrido un par de veces, por eso había tratado de matarme esa mañana en el Country, porque Matías me gustaba y no me quería y yo no quería ser maricón, un buen día se había aparecido en el hostal El Olivar y me había insultado y me había obligado a chupársela (*sentí como si me hubiese violado, Dieguito*); yo había pintado en la pared de la universidad «MATÍAS GUZMÁN ES UN CABRO CHUPAPINGAS»; él y su hermano el sicópata me habían sacado la mierda en el parque; desde entonces no los veía y me cagaba de miedo de que viniesen a pegarme de nuevo.

Dieguito me escuchó jalando coca y tomando el agua mineral que nos habían traído de la cafetería.

Cuando terminé con mi historia, dijo que él lo sabía todo, que Matías le había contado que yo era gay y que por eso había querido matarme. No me lo había dicho porque para qué. Él era mi amigo y le importaba un carajo si me gustaba acostarme con hombres, mujeres o marcianos. En cuanto a Matías, era una cucaracha, solo me había buscado por la plata. Me dijo que Matías también tenía su lado gay, pero se cagaba de miedo de aceptarlo y prefería hacerse el muy macho.

Quiso ir a ver el grafiti obsceno que yo había pintado en la pared de la universidad.

Tomamos un taxi, Dieguito llevó su maletín de mano, seguimos jalando coca en el camino, abríamos su maletín, nos agachábamos como para sacar algo y aspirábamos cuidadosamente, sin que el chofer se diera cuenta.

Cuando llegamos a la Católica nos dimos con la sorpresa de que mi pintura había sido borrada. Dieguito me dijo que era un mentiroso, pero cuando le enseñé los moretones que todavía tenía en la espalda, me creyó.

Volvimos al hostal. Salimos a caminar por la avenida Pardo. Tomamos unas cervezas en el Haití. Nos metimos al Pacífico a ver una película. Cada cierto tiempo íbamos al baño por más coca. (Aprendí que no es bueno ver cine aspirando coca, la película pasa muy despacio).

Al salir del cine decidimos frenar en seco la armada: si seguíamos jalando a ese ritmo, no íbamos a dormir nada, íbamos a rebotar toda la puta noche. Por eso fuimos a un bar en Barranco y tratamos de bajar la coca con una sangría deliciosa.

Nos tomamos dos jarras grandes, pero fue imposible dejar la coca: seguimos jalando como dos dementes, como dos locos que querían matarse.

En la noche pasó una cosa extraña. Nos desnudamos, nos metimos cada uno en su cama y nos dimos las buenas noches. Luego Dieguito se metió en mi cama y me besó, me besó fuerte, con cierta impaciencia o aspereza, como si lo hubiese deseado mucho tiempo, me besó y me tocó la pinga y yo se la toqué y empecé a corrérsela. Terminó, me besó y, sin decirme una palabra, regresó a su cama y se quedó dormido.

Fue una sorpresa para mí. Después reboté un poco, pero logré quedarme dormido.

Al día siguiente fue como si nada hubiese pasado. Dieguito me trató como siempre, como un amigo. No hizo nada (una caricia, un gesto de afecto) que pudiese recordar lo que había pasado la noche anterior.

Yo quería preguntarle si era gay o bisexual, si yo le gustaba, pero no me atrevía, prefería esperar que él hablase y él no decía nada, actuaba como si nada hubiese pasado.

Fue un día vago, soso, vacío. De fumar tronchos y ver sonseras en la tele y salir a comer algo por ahí. Cuando cayó la noche, Dieguito solo pensaba en coca. Para eso estaba en Lima, para jalar coca rica y barata, y por suerte había sobrado algo de la noche anterior, así que la juerga comenzó en mi cuarto (seca, sin tragos) y continuó en el Haití (no éramos los únicos con coca en el baño del Haití) y se prolongó en una cafetería de Espinar.

Hablábamos con confianza del futuro. Dieguito quería quedarse en Buenos Aires y poner un negocio con la plata de su padre. Pero primero tenía que terminar el maldito instituto. Eran solo dos años y luego tendría el cartón y su padre no lo jodería más.

Yo quería irme de Lima. Quería escribir una novela. Dieguito decía que tenía que irme a Buenos Aires para escribir, que mandase a la mierda el apestoso programa de Santo Domingo, que me largase de Lima, que en Buenos Aires la pasaríamos de putamadre, él en sus clases, yo escribiendo.

Pensaba (no se lo decía) *¿no será que quieres que me vaya a vivir a tu depa en Buenos Aires porque en el fondo yo te gusto?*

Estábamos duros, ya de regreso en mi cuarto, cuando me preguntó si la coca me excitaba sexualmente. No me lo preguntó así. Me preguntó:

—Gabriel, cuando estás armado, ¿te arrechas?

Le dije que no, que la coca me quitaba toda la arrechura, que más bien la marihuana me ponía las pilas sexualmente.

—Entonces fumemos —dijo, y sacó un troncho.

Fumamos, me cayó bien, me relajó.

Yo estaba desnudo en mi cama, viendo el noticiero de la tele: marchas de protesta en el centro de Lima, atentados terroristas en la sierra, políticos hablando estupideces, crímenes horrendos (un violador de menores linchado en una barriada, una mujer desesperada mataba a sus tres hijos y se suicidada con veneno para ratas). Eso era el Perú: el caos, la barbarie.

Sin decir nada, Dieguito se desnudó y quiso meterse en mi cama. No me provocó. Lo vi gordo, feo, panzón.

—Mejor no —le dije.

Se sorprendió, pero seguramente pensó que era un capricho mío, una manera de ser coqueto, y se echó a mi lado, gordo y arrecho y la nariz blancuzca y el aliento cargado, y me besó en la boca.

Demasiado fuerte. No me gustó.

—Mejor no —le dije nuevamente—. No tengo ganas.

Me paré, fui al baño y me metí en la ducha. Me quedé un buen rato parado bajo el agua caliente. Dieguito me tocó la puerta. Le pedí que por favor me dejase solo, que me sentía mal. Me masturbé pensando en Matías. Matías era una mierda, pero me excitaba. Dieguito era un buen amigo, pero no me excitaba.

Cuando salí del baño, Dieguito estaba durmiendo o haciéndose el dormido. *Menos mal*, pensé.

A la mañana siguiente desperté con un maldito dolor de cabeza. Dieguito no estaba. Pensé que había salido a caminar. Después me di cuenta de que tampoco estaba su maleta. Se había marchado sin despedirse.

Pasaron tres días sin saber nada de Dieguito. Pensé que seguramente había regresado a Buenos Aires.

Me volvió a sorprender. Me llamó de un celular y me preguntó si quería ir a almorzar a El Suizo de La Herradura. *Encantado*, le dije.

Me arreglé un poco y lo esperé en la puerta del hostal, sin drogas encima.

Dieguito llegó en el carro de su mamá, un BMW deportivo con ventana en el techo y asientos de cuero. Subí, me dio la mano con una sonrisa de hombre de éxito, se veía bien, descansado, rosadito.

Aceleró con todo, me puse el cinturón de seguridad, le pedí que manejase más despacio, se rió, me miró con aire burlón.

—Te estás volviendo una señorita, Gabriel.

Siguió corriendo rumbo a El Suizo de La Herradura.

Le pregunté en qué había andado. Me dijo que se había aparecido de sorpresa en casa de sus papás, les había dicho que tenía una semana de vacaciones en el instituto de Buenos Aires, que acababa de llegar a Lima, que le iba cojonudamente bien en sus estudios.

Le pregunté si sabía algo de Matías. Sí, lo había visto

en el club de La Planicie jugando frontón con un amigo, le había contado que le iba muy bien en la universidad, que ya nada que ver con Micaela, que ahora estaba saliendo con Soledad Peschiera, una hembrita de La Planicie. ¿Cómo era Soledad? Rubia, chiquilla, buen culito, cagaba plata. Ese Matías era un tiburón, siempre atacaba la plata, no daba puntada sin hilo.

¿Habían hablado de mí? *No, para nada. Ni una palabra de ti, Gabrielito.*

Por suerte El Suizo estaba vacío. Los fines de semana se llenaba de gente conocida, pero era un vulgar día de semana y el país estaba en crisis y la gente salía poco y asustada, con guardaespaldas.

Nos sentamos en la terraza. Veíamos el mar. El mar de Lima era como un mar viejo y enfermo, ya cansado de hacer olas, lo mirabas y no te provocaba bañarte; lo mirabas y te daba cierta lástima.

Yo siempre que iba a El Suizo me acordaba de que el papá de Paco Cisneros, un amigo del colegio, se ahogó en el Salto del Fraile, muy cerca de La Herradura. Estaba parado sobre unas rocas con una cámara de video, grabando un comercial de televisión, y vino un olón y se lo tragó. Apareció a las dos semanas, hinchado como una ballena, podrido, picado por los peces. El pobre Paco Cisneros quedó destruido, adoraba a su viejo, lo último que supe de él es que estaba en Boston estudiando música.

Vino el mozo de siempre, un señor ya mayor, moreno, arrugado. Buena gente el señor, muy respetuoso, con su camisa blanca, su pantalón negro y su corbatita michi.

Pedimos cebiches, corvinas a la plancha, *¿y para tomar?*, *una cerveza helada*, pidió Dieguito, *agua mineral*, pedí yo.

—*Sorry* por la otra noche —me dijo Dieguito, sin mirarme—. La cagué, Gabriel.

—¿Por qué te fuiste así? —le pregunté.

—No sé —dijo, todavía sin mirarme—. Me sentía mal.

Me dio pena verlo así.

—No digas que la cagaste —dije—. Esas cosas pasan, Dieguito.

—Es la primera vez que me pasa a mí.

—¿Nunca antes te había gustado un chico?

—Nunca. Ha sido mi primera experiencia homosexual.

Había dicho la palabra prohibida: *homosexual*. En Lima había que decirla en voz muy baja, sin que nadie la escuchase.

El mozo se demoraba con los cebiches.

—¿Eres homosexual? —me atreví a preguntar.

—No, no —dijo Dieguito—. A mí me gustan las hembritas. Pero contigo, no sé, es diferente.

Me habló y me miró tan suavemente que fue como si me hubiera dicho *no soy gay, pero contigo sí, Gabriel, porque tú me gustas.*

—¿Por qué me choteaste? —me preguntó—. ¿No te gusto?

Era la pregunta que no debía hacer.

—Me gustas como amigo —le dije.

El mozo se apareció con los cebiches y el pan. Fue muy oportuno.

—¿Qué tiene él que no tenga yo?

—¿Quién? —pregunté.

—Matías —dijo—. ¿Por qué con él sí y conmigo no?

—No sé —dije.

Podría haber intentado una respuesta tipo *Matías tiene un cuerpazo y una pinga preciosa y un encanto perverso. Tú eres gordo, fofo, blando de carácter. Además tienes mal aliento, eructas a cada rato y tu pinga no me gusta. Peor aún, besas horrible.* Pero, por supuesto, no le dije nada de eso.

—¿Por qué esto pasa ahora y no antes? —pregunté.

—Antes no me daba cuenta —dijo—. Antes no sentía lo que siento ahora.

—¿Matías te gusta?

—No. Matías es un pelotudo. Me gustas tú.

No supe qué decir. El mozo trajo los platos de fondo.

Cambiamos de tema, hablamos de otras cosas, pero la tensión quedó ahí: yo le gusto, él no me gusta.

Dieguito pagó con la tarjeta de su padre. De regreso hacia el hostal, en el carro, me cogió la mano, acarició mi pierna.

Al llegar al hostal, me dijo para subir a mi cuarto. No me atreví a decirle que me parecía una mala idea.

Subimos a mi cuarto. Nada más entrar, me besó.

—No quiero, Dieguito, no me provoca.

—*Okay*, no hay problema —dijo él.

Pero sí había problema. Porque entró al baño, salió enseguida y me dijo que mejor se iba. Le pedí su teléfono en Buenos Aires, me lo apuntó en un papelito. No me miraba a los ojos, era obvio que estaba molesto o despechado o resentido.

Le pregunté cuándo pensaba regresar a Buenos Aires. *Todavía no sé*, me dijo. Le dije para vernos otro día, para ir juntos al Biz Pix a meternos una buena armada.

—Claro —me dijo—. Yo te llamo. Cuídate, maricón.

Nunca me había dicho *maricón*. No me gustó que me llamase así. Yo no soy un maricón. Soy bisexual, pero no maricón.

No le dije todo eso porque él ya había salido del cuarto. Sabía que no me iba a llamar. No me falló la intuición.

Treinta y uno

Cuando me dijeron por teléfono que el señor Guzmán me estaba buscando en la recepción, pensé *es Matías, viene a pegarme de nuevo.*

Me metí en el bolsillo el gas paralizante. Si Matías trataba de pegarme, lo iba a hacer vomitar al cabrón.

Bajé por el ascensor con una mano en el tubito de gas, listo para la acción. Debo de haber estado pálido cuando lo vi.

Matías sonrió con su clásica sonrisa descarada. Estaba solo, se había cortado el pelo, lo tenía rapado como militar y se había puesto una camiseta bien apretada que le marcaba los músculos.

Lo saludé de lejos, con un frío movimiento de cabeza, nada de sonrisas ni darnos la mano, todo muy distante y cauteloso por mi parte.

—¿Podemos hablar? —me dijo, en voz baja.

Los chicos de la recepción hablaban por teléfono. El portero, embutido en su uniforme guinda, estaba afuera, en la calle, mirando pasar a la gente.

—¿Qué quieres? —le dije.

—Vamos a tu cuarto —me dijo—. Acá no se puede hablar tranquilo.

—Mejor acá —le dije.

Entonces se acercó y pasó su mano por mi pelo, revolviéndolo, juguetón; siempre que quería demostrarme afecto hacía eso, despeinarme suavemente.

—No seas así —me dijo—. No tengas miedo. Ya no estoy empinchado contigo. Solo quiero hablar.

—Bueno, vamos —dije.

Pensé *tengo el gas, si intenta algo, le disparo.*

Subimos al ascensor. Se cerró la puerta. Matías me miró y sonrió muy cínico, como si fuésemos grandes amigos.

—Dieguito me dijo que andabas por acá —comentó.

Me quedé callado. Pensé *no puedo confiar en Dieguito.*

Matías era así, le gustaba demostrar que era muy listo y que siempre estaba un paso delante de mí.

Salimos del ascensor y entramos en mi cuarto.

—Mucho mejor que el otro hostal —dijo, y se sentó en la cama.

Me quedé parado.

—¿Qué quieres? —le dije.

—Tranquilo, tío —me dijo.

Me quedé callado, esperé a que jugase sus cartas.

—Gracias por borrar la pintura —dijo, y me miró fugazmente, y luego se paró y caminó hacia la ventana.

Abrió la ventana, un viento que olía a humo de carros viejos nos golpeó la cara, el estrépito de la calle invadió el cuarto.

No me pareció una buena idea aclarar que yo no había borrado el grafiti insultante, que seguramente la administración de la universidad había mandado limpiarlo.

—*Sorry* por pegarte en el parque —continuó, de espaldas a mí—. Se me fue la mano. Pero fue una mariconada tuya pintar eso, Gabriel.

No dije nada, no había nada que decir, tampoco le iba a pedir disculpas.

—Pero lo que pasó, pasó —dijo, en tono conciliador—. Tú eres mi amigo y es una cojudez estar así, peleados por las puras.

Se acercó a mí, revolvió mi pelo nuevamente.

—Tú sabes que tengo cariño por ti —dijo—. Tú sabes que eres mi chochera, Gabrielito.

—Fueron unas mierdas al pegarme así —le dije—. Tampoco era para tanto.

—Estábamos durazos —dijo—. *Sorry*, Gabriel, nos loqueamos. Tú sabes que la coca te pone bruto.

No dije nada.

—A propósito, Gabriel, ¿no tendrás un par de tiritos para alegrar la tarde?

—No. No tengo nada.

—Lástima.

Dio un par de vueltas, se sentó, habló.

—Necesito que me ayudes, tío.

—¿Qué quieres?

—Necesito plata.

—¿Cuánta?

—Mil dólares. Te los pago en dos semanas. Con intereses, si quieres.

—No tengo —mentí.

—¿Cuánto me puedes prestar?

—Nada. Estoy jodido. He estado jalando mucho últimamente.

Me miró a los ojos. Era demasiado listo como para creerme.

—Me estás mintiendo, pendejo.

—No. Estoy corto de plata. No puedo prestarte mil dólares ni cagando.

—Entonces quinientos.

—Imposible, olvídate.

—Dame doscientos y te pago en una semana, Gabriel. Por favor, no seas cabro.

—¿Por qué estas tan desesperado? ¿Qué pendejada has hecho?

—Le robé plata a mi hermano Lucho y me agarró. Si no se la devuelvo, me va a sacar la entreputa.

—Devuélvesela, pues.

—Ya no la tengo, huevón. Ya me la gasté.

—¿Cuánto te pelaste?

—Mil cocos.

—¿Qué fue de ellos?

—Los metí en una pirámide. Me metieron el dedo. Me estafaron.

—Eso te pasa por huevón, pues. Todo el mundo sabe que las pirámides son una estafa.

—¿Me vas a dar la plata o no?

—¿Cuándo me pagarías?

—En dos semanas.

—¿Cómo así? ¿De dónde vas a sacar plata?

—Voy a trabajar en el gimnasio. Me han contratado como entrenador. Me pagan mi primera quincena y te doy tu plata al toque.

—*Okay*, te doy doscientos dólares, pero con una condición.

—Habla.

No me tembló la voz, no le quite la mirada. Hablé desde los cojones:

—Primero quiero que me la metas. Después te doy la plata.

Matías sonrió con una sonrisa cínica. Sin decir nada, se quitó la ropa y cerró las cortinas.

—Listo —dijo—. Cuando quieras.

Me quité la ropa mirando su cuerpo de atleta, su sexo

hermoso. Me eché en la cama, desnudo.

Nunca me la habían metido. Quería que Matías fuese el primero. Fue un placer y un dolor intensos sentirlo dentro de mí. Luego nos vestimos en silencio y fuimos al banco para sacar la plata.

Treinta y dos

Mis días era altibajos de coca y marihuana, la tristeza de estar en una ciudad que no me gustaba, hincones en el corazón después de tantas juergas, comida al paso, periódicos que me dejaban las manos negras, noches largas, solas, de rebotar y ver en el techo la (fea) película de mi vida.

Esa noche en el Biz Pix, todo entre las tinieblas, todo envuelto en una nube de humo multicolor, la música martillándome la cabeza, los chicos emborrachándose aprisa para escapar de la grotesca fealdad de Lima, de pronto vi a Micaela sola, bailando con ella, con sus penas, los ojos cerrados y la cabeza meciéndose triste.

Micaela era mi amiga y verla bailando sola, tan bella y triste a la vez, era un espectáculo que merecía ser contemplado con el debido respeto.

Fue eso lo que hice: me paré al lado del parlante y la miré, solo la miré. Todavía la veo en un rincón de mi estragada memoria: Micaela se mece con la música, siente la música, mueve muy despacio su cuerpo delgado. Tiene unas zapatillas negras, unos viejos jeans que saben de hombres, una camiseta negra, ajustada, de mangas largas, que esconde unos senos preciosos que yo he besado.

Cuando terminó de bailar, me vio ahí parado, adorándola en silencio. Una sola sonrisa suya perdonó todos los malentendidos. Micaela no sonreía por compromiso, sonreía porque le salía del alma o porque le daba la gana. Vino y me abrazó y me besó la mejilla, el cuello.

—Mi Chino —me dijo al oído, y no supe, no pude decir nada.

Me cogió de la mano y me llevó a una esquina y no sentamos sobre unos cojines negros. Cerca de nosotros, chicos y chicas se besaban. Eran besos feos, vulgares, besos desalmados de discoteca.

Me dijo que había peleado con Toño, que estaba sola.

—Eres mi ángel de la guarda —me dijo, acariciándome la mano.

Besé su frente, su pelo.

Le pregunté qué había pasado con Toño. No quería hablar de eso, le daba mucha pena, no podía hablar.

Una lágrima delatora se deslizó despacio por esa mejilla que los reflectores giratorios cambiaban de un color a otro. La besé en la frente. Besé su mejilla, su lágrima. Sentí en mi boca el sabor de su lágrima, hice mía esa lágrima.

Luego la abracé. Se acomodó en mi hombro. Escondida tras su pelo con olor a champú, lloró discretamente lo que tenía que llorar. Luego me dijo para salir a caminar.

Salimos tomados de la mano. Me sentí bien de estar al lado de esa mujer. *Una ciudad no es solo lo que ves: es también la persona que te acompaña*, pensé. Micaela hacía que Lima valiera la pena, ponía orden en el caos, embellecía la decadencia de la ciudad.

Caminamos sin hablar, sin saber adónde íbamos, cogidos de la mano. Yo caminaba a su ritmo.

Señalé el hostal El Doral y le dije que ahí había terminado viviendo. Me dijo que quería ir a mi cuarto, que le dolían los pies de tanto bailar, que todo lo que quería en ese momento era un masaje en los pies. Me ofrecí a dárselo.

Me sentí orgulloso cuando pedí mis llaves. Los chicos de la recepción vieron a esa chica conmigo y supe que me había ganado su respeto.

Subimos a mi cuarto. Cerré la puerta, las cortinas. Prendí una luz tenue, la lámpara de la mesa de noche. Era un cuarto austero: la cama con un edredón color lúcuma, la mesa de madera con mi máquina de escribir, la tele y su antenita de conejo, una silla cualquiera.

Micaela se sacó las zapatillas y se echó en la cama.

—Estoy muerta —suspiró.

Me senté a sus pies y comencé a masajearlos. Llevaba medias blancas y sus pies eran grandes para ser de mujer.

Micaela bostezó, tenía sueño, me miró con ojos llenos de gratitud. Me dijo que sus papás estaban de viaje, que no quería dormir sola, que quería quedarse a dormir conmigo.

No nos quitamos la ropa. Nos echamos juntos, abrazados. No había sexo en el ambiente, solo ternura y cierto cansancio.

Antes de que nos quedásemos dormidos, alcancé a decirle:

—Eres la chica más linda de esta puta ciudad.

Sonrió y se durmió así, sonriendo.

Treinta y tres

Es una típica mañana de Lima, gris como una rata, el cielo encapotado, la humedad que te cala los huesos, carros cochambrosos, impresentables, contaminando la ciudad, una sensación oprobiosa de que en Lima el tiempo pasa más despacio o está congelado y mañana o el próximo año todo se verá igual de gris que hoy.

Me he despertado a las diez y pico. Aturdido, lento, medio zombi, pido el desayuno al cuarto y me lo trae una mujer joven, reilona, que se peina con colita y va rápido por la vida, hacendosa. Gente muy noble hay en el Perú, gente abnegada que trabaja duro por muy poca plata. La mujer me trae lo de todas las mañanas: huevos revueltos, tostadas y jugo de papaya.

Desayuno en piyama viendo por la ventana el pesaroso espectáculo de Miraflores a media mañana: los ómnibus atestados de gente, los peatones ennegrecidos por el humo, los árboles jorobados que parecen agonizar, la basura desperdigada que nadie recoge en las esquinas y que atrae una nube de moscas, dos policías en la puerta de un banco observando los traseros de las mujeres que pasan por la vereda.

A pesar de que hay mucho ruido en la calle, uno tiene la impresión de que no pasa nada importante en esta ciudad, en este barrio.

No hay que confiarse, sin embargo. Una bomba puede estallar en cualquier esquina de la ciudad. Revientan frente a bancos, cines, locales de partidos políticos. Hay que andar rápido, con cuidado.

Después del desayuno, me doy una ducha caliente, me visto y salgo a comprar el periódico. El portero se quita la gorrita y me saluda. Sonrío y lo saludo.

Cruzo rápido la pista. Me acerco al quiosco de todas las mañanas, una caseta amarilla de madera. En la parte frontal cuelgan abundantes periódicos con titulares escandalosos, revistas del corazón, afiches a todo color de algún cantante joven y por el momento famoso.

El chico del quiosco me saluda con cariño. Es un muchacho de piel oscura y cara de huaco. Tiene los pelos como un trinche. Cuando se ríe, uno puede ver que le faltan varios dientes. Se ríe como un retardado mental. Siempre lo encuentro haciendo el crucigrama de un periódico popular.

—¿Todo bien? —le pregunto.

—Ahí nomás —dice él, resignado—. Como para el tiempo.

Una vez lo vi llorar al chico del quiosco. Fue aquella triste mañana de diciembre en que los periódicos anunciaron que el equipo de fútbol del Alianza Lima había desaparecido en el mar. El chico del quiosco, fanático del Alianza, no lo podía creer, tuvo los ojos hinchados varios días de tanto llorar. *Y yo que pensé que Dios era del Alianza*, me dijo esa vez, moqueando.

Me entrega mis periódicos, los tenía separados: *El Comercio* y *Expreso*, como todas la mañanas. Pago, le agradezco y regreso al hostal leyendo los titulares de la primera página.

Nada nuevo: terrorismo, apagones, crisis económica, podría ser el periódico de hace dos años: las mismas noticias, diferente fecha.

Entro a mi cuarto y me siento ante el escritorio. Antes de leer los periódicos, prendo un troncho, le doy tres largas pitadas y lo apago.

Cojo mi plumón amarillo y voy subrayando nombres, declaraciones, hechos que me llaman la atención. Es una manía extraña. Ya no puedo leer el periódico sin mi plumón amarillo.

Llego a la página policial. Veo una foto pequeña. Es Manolo, sin duda es Manolo. Un poco más joven y con el pelo largo, pero esos ojos achinados y esa boca grande no mienten, son de Manolín.

El titular dice «Caen dos narcos peruanos en aeropuerto de Madrid». Y arriba, en letras más pequeñas, «Llevaban tres kilos de cocaína».

Leo que Manolo Salvatierra, 22 años, español, y Julián Malpartida, 31, peruano, fueron detenidos en el aeropuerto de Barajas cuando la policía encontró tres kilos de cocaína escondidos en el forro doble de sus maletas. Tras negar que la droga fuese suya, fueron detenidos y conducidos a una prisión.

Pensé que eras más listo, Manolo. ¿Cómo pudiste hacer esa estupidez?

No puedo creer que hace unas semanas durmió desnudo en mi espalda y ahora debe de estar apestando en una cárcel de Madrid.

¿Cuánto tiempo lo encerrarán? ¿Lo volveré a ver? No puedo seguir leyendo el periódico. Salgo de mi cuarto, bajo a la calle y camino lentamente, sacudido por el golpe. Me siento en su banca, la banca de Manolo.

Treinta y cuatro

Se acercaba la semana de fiestas patrias y yo tenía que ir a Santo Domingo a grabar mi detestable programa de televisión.

Llamé a Micaela y le pregunté si quería viajar conmigo, yo la invitaba.

Se entusiasmó, me dijo que se moría de ganas, que le iba a pedir permiso a sus papás.

Micaela me llamó por la noche llorando y me dijo que sus papás no le daban permiso. Estaba indignada con sus padres. Dijo que eran unos retrógrados, unos anticuados que vivían en el siglo pasado.

Le dije que se calmara, que para otra vez sería. Siguió llorando como una niña.

Al día siguiente vino al hostal y me anunció que iba a viajar conmigo, dijesen lo que dijesen sus papás, que ya era mayor de edad y libre de hacer lo que le diese la gana. Parecía muy decidida. Le pregunté si estaba segura, si no se iba a armar un escándalo. Me dijo que estaba segurísima.

—¿Y si no te dejan volver a tu casa cuando regresemos?

—Tú me das asilo político, Chino.

Nos reímos, la abracé, hicimos planes. Sonaba divertido irnos a Santo Domingo huyendo de sus padres.

Quedamos en que yo iba a conseguir los pasajes y no le íbamos a decir nada a nadie para que la fuga los cogiera por sorpresa.

Llamé a Santo Domingo y pedí dos pasajes. Mentí: les dije a mis jefes que me había casado con Micaela, que no habíamos tenido una luna de miel y que quería darle una sorpresa. Creo que los conmoví: me mandaron dos pasajes de Lufthansa en primera clase, con escala en San Juan, Puerto Rico.

Cuando le conté a Micaela que viajaríamos en primera, se puso feliz. Le advertí que para mis jefes ella era mi flamante esposa y tenía que simular serlo y comportarse como tal. Le pareció divertidísimo fingir que estábamos de luna de miel.

Yo me encargué de sacar las visas. Visité al cónsul dominicano, a quien por esos días veía con frecuencia. Era un viejito amable, de nariz de gancho, que más de una vez me puso el sello de la visa al revés: el pobre veía a duras penas.

Micaela estaba excitadísima con el viaje. A cada rato me llamaba por teléfono y me hablaba en voz baja para que nadie en su casa la escuchase. No lo podía creer. Se iba a escapar sin decir nada. Les iba a dejar una notita a sus papás, no fuesen a creer que la habían secuestrado, no fuesen a llamar a la policía y armar un escándalo.

Viajamos una mañana bien temprano. Micaela pasó a recogerme en su auto. Estaba muy nerviosa. Había salido en silencio de la casa de sus padres, sin que nadie se diera cuenta.

Yo manejé porque ella no podía con los nervios. El camino al aeropuerto era deprimente: niños pidiendo limosna, perros muertos, casuchas pintarrajeadas con lemas comunistas, el río seco convertido en un gigantesco basural. Manejé deprisa.

Después de pasar el control policial (había aspirado tanta coca con mi brevete que me puse algo inquieto al verlo en manos de un policía), dejamos el carro en el estacionamiento y fuimos al *counter* de Lufthansa. Fue una sensación reconfortante acercarme al *counter* de primera clase con una mujer tan linda a mi lado. Me sentí, por un momento, un hombre de éxito.

No llevaba drogas conmigo. Siempre que iba a Santo Domingo extrañaba un poco de marihuana o una líneas de coca (y alguna vez había tratado en vano de conseguirlas allá), pero no era tan imprudente como para llevarlas conmigo.

Cuando nos llamaron para abordar, Micaela corrió a un teléfono público, llamó a casa de sus papás y le dijo a la empleada que por si acaso había salido temprano porque tenía un examen, que iba a estar todo el día en la universidad y que no se preocupasen.

—Dile a mis papis que yo los llamo después del examen.

Subimos al avión, Micaela tomándome de la mano. Nos sentamos en unos asientos que parecían camas. Una azafata nos trajo champán. Brindamos.

—Por nuestra fuga —dije.

—Por que no se caiga el avión —dijo ella.

Estaba muy nerviosa. Tenía pánico a volar en avión.

El vuelo transcurrió sin sobresaltos, salvo que Micaela se la pasó entrando y saliendo del baño, víctima de un trastorno estomacal.

Me acordé de que cuando estaba en el colegio había un chico que decía saber la prueba del verdadero amor: *Imagínate a esa chica cagando. Si todavía te gusta, es que estás templado.*

Hicimos escala en San Juan. No pudimos pasear por el aeropuerto, Micaela quería estar cerca del baño.

En el aeropuerto de Santo Domingo nos esperaba Pericles, el chofer del programa. Pericles era todo un personaje. Hablaba y hablaba y no paraba de hablar. Nos habló todo el camino al hotel, manejando una camioneta (que él llamaba *guagua*) con el aire acondicionado en el punto máximo de frío. Micaela estaba fascinada con la locuacidad de Pericles, quien nos hablaba de todo un poco (las últimas tormentas, el costo de vida, chismes del trabajo, intimidades de su vida personal, escándalos políticos, el estado mecánico de la guagua), pero había tres cosas que parecían preocuparle especialmente: que los del gobierno eran unos tremendos ladrones; que el próximo año se iba para *Nueva Yol*; y que Francia, su mujer, comía entre diez y quince bananos diarios.

Sus historias nos hicieron reír. El único problema era que manejaba muy rápido, como en trance o delirando o alucinado, y no parecía prestar atención a las señales de tránsito. Cuando, al llegar al hotel, quise darle una propina, Pericles la rechazó muy digno, diciéndome:

—No, doctor, es mi honor.

Nos hospedamos en el Sheraton, frente al malecón.

Lo primero que hizo Micaela fue llamar a casa de sus padres. No podía más, se moría de los nervios, sus padres seguramente estaban desesperados, de repente la habían ido a buscar a la universidad, ya se imaginaba a su mamá histérica, llamando a medio Lima para saber dónde estaba. Habló con su madre. Le dijo que estaba en Santo Domingo. Se le quebró la voz. Se puso a llorar. Le pidió perdón. Le dijo que los quería horrores, pero que ellos la habían obligado a irse así porque era una injusticia horrible no dejarla viajar conmigo. La mamá le pidió hablar conmigo. Micaela le dijo que mejor no, pero la señora insistió.

—Cuídamela, ¿ya? —me dijo su mamá—. Trátamela bonito, por favor. Mira que Micaela es mi tesoro.

—No se preocupe, señora. Yo a Micaela la adoro. La voy a cuidar bien.

Micaela mandó miles de besos a su mamá, a su papá, a las empleadas y a sus gatos, le dio el teléfono del hotel por si acaso y, ya más tranquila, colgó. Luego me abrazó y me tumbó en la cama y me comió a besos diciéndome que me adoraba.

Nos besamos, solo nos besamos, luego bajamos a la piscina.

La piscina era enorme. Nuestra visita a Santo Domingo transcurrió básicamente allí. Bajábamos a media mañana, después de desayunar en el cuarto, y nos quedábamos horas en el agua. Micaela se ponía unos bikinis de colores radiantes. Además, la piscina, gigante, tenía un bar, lo que nos permitía tomar una limonada tras otra sin salir de la piscina.

Lo que mejor conocimos de Santo Domingo fue sin duda la piscina del Sheraton.

También salimos a conocer la ciudad, pero fue un desastre. Nos subimos a un taxi y fuimos al centro. Hacía un calor endemoniado, el carro no tenía aire acondicionado, sudábamos. Nos metimos en un atasco de tráfico, estaban marchando unos empleados públicos que gritaban insultos contra el presidente ciego. Micaela decía que se iba a desmayar. Le pedimos al chofer que nos llevase de vuelta al hotel. Al llegar nos metimos a la piscina y perdimos toda curiosidad por conocer la ciudad.

Almorzábamos en el restaurante del hotel (Micaela era fanática de las ensaladas) y luego subíamos a dormir la siesta.

No nos desnudábamos uno delante del otro. Nos daba vergüenza. Micaela se metía en la cama con polo y calzón. Tenía unas piernas muy bonitas. Yo me metía en la otra cama con calzoncillos.

Micaela trataba con tanto empeño de dormir la siesta que rara vez lo lograba.

Cuando lograba dormir, se despertaba contenta, relajada, con ganas de hacerme cosquillas y besuquearme. Pero cuando no había dormido, se levantaba regañona, de mal humor.

Al final de la tarde salíamos a caminar por el malecón. Nos sentábamos en cualquier café, en una banca cerca del mar o en una de esas cervecerías donde tocaban merengues y solo merengues y nada salvo merengues.

Conversábamos.

El tema solía ser sexo. Teníamos una gran curiosidad por saber qué habíamos hecho con quién.

La vida sexual de Micaela había sido, resumiendo, más o menos así: tenía veinte años y seguía siendo virgen. Su primer beso en la boca había sido a los trece años. La besó su primo Michael, un año menor que ella. Se besaron con lengua y todo y a ella le dio asco y después se lavó la boca con bastante Listerine. El primer hombre que vio desnudo fue su hermano Santiago. Lo vio de casualidad, una vez que entró al baño y lo encontró duchándose. La primera vez que se excitó con un chico fue bailando un lento en Reflejos con Rafo Ricketts, un arequipeño, su primer novio. Rafo la apretaba fuerte, le hacía sentir que tenía la pinga parada, metía su pierna entre las de ella y Micaela se mojó ahí abajo. Nunca se había masturbado, o eso me decía. Con unas amigas del colegio había visto un video pornográfico, le había parecido asqueroso, no entendía cómo la gente podía excitarse viendo esas cochinadas. Su segundo novio fue Alfredito Araníbar, un chico bajito y hablador que no se perdía una fiesta. Tampoco se perdió la fiesta de promoción de Micaela: ella lo invitó y la pasó súper bien porque Alfredito bailaba como un trompo. Era un chico muy simpático, pero fumaba mucho (el aliento le apestaba a cigarro) y tenía feas manos (y para ella las manos de un hombre eran tan importantes). Con Alfredito pasaron dos cosas dignas de mencionarse: Micaela aprendió que besar con lengua podía ser rico (a pesar del aliento a cigarro) y se dejó tocar las tetas, pero solo por encima de la ropa. Luego entró a la universidad y conoció a Matías. Aunque le daba rabia admitirlo, se enamoró de él. Le pareció guapo y gracioso. Le encantaban sus manos, su cara traviesa, su pecho fortachón, su manera chueca y descuidada de caminar. Había estado tan enamorada de Matías que se dejó tocar las tetas, dejó que se las besara, incluso dejó que la tocase abajo, entre las piernas, y que la hiciera venirse metiéndole el dedo. Lo que no dejó por nada en el mundo fue que la besara ahí abajo o que se la metiese. No por querer seguir siendo virgen, sino porque le daba pánico quedar embarazada. Había oído tantas historias de condones rotos y píldoras falladas que no quería correr ningún riesgo. Matías había insistido mucho (era un descarado, se sacaba la pinga sin el menor pudor, le encantaba enseñársela como si fuese su mascota), pero ella nunca se dejó. Con él había aprendido a disfrutar del sexo, a dejarse tocar y a venirse en la mano de un hombre. Luego estuvo brevemente con Toño, el pintor. Era muy tímido con su sexo, nunca se lo sacaba. Solo besaba y tocaba a Micaela, pero todo con la bragueta bien cerrada y cuando ella se había atrevido a tocarlo ahí abajo y tratar de sacársela, él no había querido. Finalmente, una noche, los dos borrachos en el taller de Toño, se habían desnudado y ella había visto que él tenía una pinga chiquita y fea y le había dado nervios y asco tocársela.

Yo le conté los pocos incidentes de mi torpe vida sexual: mis intentos frustrados de hacerlo con una prostituta. Los besos castos con su prima Andrea. Las noches que había sufrido con Matías, deseándolo en silencio.

No le conté nada más. No mencioné al pobre Manolo ni el misterioso caso de Dieguito.

Creo que los dos teníamos ganas de hacer el amor juntos (pero también muchos temores). Ella quería dejar de ser virgen sin quedar embarazada. Yo quería demostrarme que podía hacerlo con una mujer y disfrutarlo.

Una noche fuimos a comer a un restaurante del malecón y tomamos una botella de vino. Regresamos contentos al hotel y, para prolongar la noche, pedí champán a la habitación. Lo tomamos sentados en el balcón, refrescándonos con la brisa que subía del mar. Cuando nos besamos, me di cuenta de que estaba borracha. Me besaba con ganas, me mordía el cuello, respiraba agitadamente. Nunca la había sentido así, tan sexual. Entramos al cuarto. Para mi sorpresa, se desnudó y se metió en la cama. No dudé en desnudarme yo también. Me metí en su cama. Nos besamos. La sentí entregada. Cerró los ojos y se dejó besar. Cuando me eché encima de ella y la besé en la boca, me preguntó:

—¿Tienes condones, Chino?

—Sí.

—Genial. Hay que hacerlo.

Traje los condones. Me puse uno. Ella me pidió que me pusiera uno más. Sentí que me habían momificado la pinga.

Me eché encima de ella y traté de metérsela, pero le dolió, se quejó, me empujó, zafándose de mí.

Entonces se sentó a horcajadas sobre mí y empezó a moverse y con singular maestría fue entrando en mí o permitiendo que yo entrase en ella. Verla así, con los ojos cerrados, los pechos erguidos y las nalgas columpiándose en mis muslos, me excitó mucho, sentí que ese era sin duda el mejor momento de mi vida, el más bello y glorioso y placentero, uno que nunca olvidaría.

Cuando terminó, se echó a mi lado y se puso a llorar.
—¿Qué te pasa? —le pregunté.
—Ya nunca más voy a ser virgen —dijo.
—Lo siento, preciosa —le dije, y la besé.

Treinta y cinco

Es de noche y el cuerpo me pide coca. Sé que es domingo, que no debo armarme, que voy a terminar rebotando miserablemente, pero, por otra parte, mañana no tengo nada que hacer, pasado mañana tampoco, toda la semana tampoco, nunca tengo nada que hacer, me han botado de la universidad y mi trabajo consiste en ir una semana cada mes a Santo Domingo para presentar un mediocre programa de televisión (y no jalar coca, desintoxicarme).

Salgo con un billete de cien dólares y la determinación de convertirlo en coca. Subo a un taxi. Un domingo por la noche puede ser difícil conseguir coca en Lima, pero si se tiene la tenacidad, la audacia y la persistencia necesarias, imposible no es, nunca es imposible conseguir coca en Lima, sea domingo, feriado o navidad. No tengo suerte en La Mar, tampoco en el parque de Aceituna. Al fin, los vendedores callejeros de Miguel Dasso (que venden cigarros, dólares, condones y, si sabes preguntar, también cocaína) me sacan del apuro.

—¿Tienes cigarrillos? —le pregunto al vendedor, un jovencito que no debe de tener más de dieciocho años.

—Claro, mister —me dice, una calculadora en la mano, un fajo de billetes en la otra—. ¿Cuántas cajetillas quiere?

Está apurado por venderme porque ya se acercan otros, dispuestos a robarle el cliente. Los espanta con una mano enérgica y un par de lisuras: *dejen trabajar, ladillas de mierda*.

—¿Tienes los especiales? —pregunto.

No es la primera vez que compro coca en Dasso. He aprendido que así es como se pregunta.

—Claro, pues, mister —me dice, con una sonrisa de complicidad: por lo visto, él también sabe lo rico que te levanta un buen par de tiros.

—Cincuenta la cajetilla —se descuelga con el precio.

—¿Cincuenta? ¿Tan caro?

—Le dejo dos por noventa. ¿Qué tal?

—¿Están buenas?

—Buenazas. Si no le gusta, me las devuelve. ¿Qué tal?

No hay duda, el chico es un buen vendedor. Tiene eso que algunos llaman *calle*: es listo, no pierde tiempo, no tiene escrúpulos, sabe lo que quiere.

—Hecho —le digo.

Ya está corriendo hasta el pie de un árbol moribundo donde tiene varios cartones de Marlboro rojos. Abre uno, saca un par de cajetillas, las trae a la carrera. Le doy los cien dólares, me da los cigarros especiales. Echo un vistazo. Hay suficiente coca como para una semana. Me da los diez dólares de vuelto. Es tan simpático que se los devuelvo.

—Tu propina —le digo.

—Gracias, mister —me dice.

Le digo al taxista que me lleve de regreso al hostal. El tipo está desconcertado, me pregunta si he pagado noventa dólares por dos cajetillas de cigarros. Le digo tranquilamente que sí. Me dice que no puede ser, que me han estafado, *la vida estará cara pero estos ambulantes ya se pasan de abusivos, carajo*. *Qué vamos a hacer*, le digo, resignado.

Ya estoy de regreso en mi cuarto. Ya estoy jalando. El chico no me engañó, la coca está limpia, me levanta de golpe.

No jalo en seco, hay que acompañar con buen trago. He traído del *duty free* de San Juan unas botellas de etiqueta negra.

Sé que no debería estar en el Perú, que estoy en el lugar equivocado, que me he quedado demasiado tiempo aquí, varado como un mamífero enfermo que el mar expulsa hasta la orilla. Sé también que ya es muy tarde, que ya no me puedo ir a ninguna parte. ¿A estudiar? ¿Estudiar qué? Odio estudiar. No quiero estudiar nada nunca más. ¿Leer lo que te imponen, repetir lo que te obligan? Jódanse, yo paso. ¿Y adónde me voy a ir a trabajar? ¿Quién me va a dar trabajo, si no sé hacer nada salvo jalar harta coca y volar seguido con marihuana y perseguir chicos guapos? Sí, claro, tengo un programa en la televisión dominicana, pero no hace falta decir que es un plomazo y no lo ve nadie. Cualquier día lo cierran y me dan una patada en el culo.

Me he quedado en el Perú, me he enganchado a la coca, me he jodido para siempre, estoy en un callejón sin salida (pero al menos venden coca en el callejón, digamos que esa es la salida).

Suena una sirena, corro hacia la puerta, cierro con pestillo y cadena, escondo la coca debajo del televisor. Si vienen por mí, tiro la coca al wáter, jalo y les hablo con elegancia y palabras rebuscadas a los policías. *Tombos de mierda, no vengan a joderme.* No me importan sus leyes apestosas. Yo soy libre de llenarme de coca hasta colapsar. Soy libre de destruirme. Es lo que estoy haciendo conscientemente y a sabiendas y en pleno ejercicio de mi libertad. Es mi destino.

Pasa la sirena, pasa el susto. Levanto el teléfono, marco 9, me da línea, marco el número de la casa de mis padres. Miro el reloj. Son las diez y media de la noche. Mi padre debe de estar en su cuarto con un pistolón en la mano, bajándose un whisky.

Contesta mi padre. Es un *aló* ronco, cansado, levemente crispado. Es un *aló* que suena a *¿quién mierda llama a joder un domingo a esta hora, carajo?*

—¡Aló! —vuelve a roncar mi padre.

Pienso *debe de estar pensando que son terroristas que quieren secuestrarlo.*

—Aló, ¿papi? —digo.

—¿Quién es? —pregunta él.

Sin duda, está con tragos. Los domingos por la noche suele estar con tragos. Está borracho, borracho y molesto, borracho y molesto sin que nadie sepa bien por qué está borracho y molesto (es así como más lo recuerdo) y yo estoy duro (sé que voy a morir duro, es mi destino) y los dos nos detestamos porque creo que él lo quiso así.

—Soy yo, Gabriel —le digo, temeroso de provocar una reacción violenta en él.

—Hola, hijo —me dice—. ¿Qué haces llamando a estas horas? ¿Ha pasado algo?

—No, no, todo bien —digo.

Pero todo no está bien, nada está bien, ocurre que soy un cobarde y no me atrevo a decírselo.

—¿Quieres hablar con tu madre?

—No, no. Llamaba para hablar contigo.

—Dime, hijo. ¿Qué quieres?

Es un *¿qué quieres?* apurado, impaciente, algo furioso. Es un *¿qué quieres?* que suena a *¿quieres plata?*, *¿cuánto?*, *solo te pido que no la hagas larga.*

—Nada, nada, solo quería hablar —digo.

Es fuerte el rencor que siento contra mi padre, y la coca lo despierta, lo enciende, lo aviva.

—¿Qué te pasa, hijo? ¿Estás bien?

—No —digo.

—¿Qué tienes? —pregunta él, pero no suena preocupado, suena impaciente, suena a que ya quiere cortar y no está dispuesto a hacer de mi sicoanalista un domingo por la noche ni nunca.

—Estoy mal —digo.

Aparto el teléfono, me meto dos tiros, hago una mueca, escucho.

—¿Qué te pasa, Gabriel? ¿Te sientes mal? Hijo, ¿se puede saber qué te pasa?

Ahora parece nervioso y ha levantado la voz.

—Estoy pensando suicidarme —le digo, y no sé por qué he dicho eso, pero sé que me ha salido del alma, si tengo alma.

Se queda callado, tose un par de veces, hace un sonido áspero, pedregoso, con la garganta.

—No digas huevadas, hombre —dice—. ¿Se puede saber qué tienes?

No detecto un mínimo cariño en su voz.

—¿Qué te pasa, hijo? ¿Estás zampado? Habla, pues.

No puedo hablar. No me sale una palabra más. Estoy seco, vacío, vaciado. Solo tengo algo más que decirle, pero no me sale, no me atrevo, nunca me atreví: *¿por qué me odias, papá?*

—Hijo, si me vas a llamar zampado para hablar huevada y media, mejor no me llames, ¿*okay*?

—*Okay*, papi.

—Deja de chupar tanto y anda mañana temprano a tu universidad, ¿*okay*?

—*Okay*.

Cuelga. Cuelga sin decir *chau*. Cuelga porque le jode hablar conmigo, le jode recordar que tiene un hijo como yo, le jode recordar que tiene un hijo que no le salió macho, recio, borracho y procaz como él y sus amigos militares, le jode recordar que tiene un hijo sensible y delicado que dice que quiere ser escritor y que va a terminar siendo cajero de un banco o vendedor de Sears.

Treinta y seis

Matías se perdía un tiempo y reaparecía cuando menos lo esperaba. Le gustaba sorprenderme, demostrarme que era más listo que yo.

Un día me llamó al hostal y me dijo que se iba a vivir a casa de su tío en Long Beach, California. Estaba harto de la universidad, no iba a matricularse el siguiente ciclo, quería ver si podía hacerla en California con la ayuda de su tío.

Le dije que me parecía una buena idea. Me dejó el teléfono de su tío.

—Sería el deshueve que te caigas por ahí, Gabrielito.

Le prometí que haría lo posible para ir a visitarlo.

Pensé *el pendejo se las va a ingeniar para quedarse allá*. Y también *si en el fondo me desprecia porque soy bisexual, ¿por qué me llama y me dice que vaya a verlo a California?*

Matías era así, nunca sabías qué se traía entre manos, qué estaba tramando, qué quería contigo.

Lo llamé desde Santo Domingo a casa de su tío. Cuando estaba en Santo Domingo llamaba a medio mundo aprovechando que mis anfitriones no me cobraban las llamadas.

Matías me contó que la estaba pasando de putamadre, su tío era buenísima gente, tenía una casa bien parada, se daba la gran vida, estaba divorciándose de una gringa ricachona, le iba a sacar buena plata a la gringa y con eso ya quedaba paradazo. En cuanto a él, tranquilo, muy tranquilo, tomándose las cosas con calma.

Insistió en que tenía que caerme por ahí. El sitio era precioso, una colina en las afueras de Los Angeles, había camas de sobra, nos podíamos vacilar rico, *no seas cabro, Gabriel, vente unos días.*

No pude resistirme, pasé por Miami y, en vez de seguir viaje hacia Lima, compré un pasaje para Los Angeles. Antes de subir al avión, llamé a Matías y le dije a qué hora llegaría. Se alegró, quedó en ir a recogerme al aeropuerto.

Cumplió su palabra, me esperó en el aeropuerto. Lo veo sonriéndome: jeans, *topsiders*, camisa abierta, cara de chiquillo pendejo. Me dio un abrazo al vuelo (tampoco demasiado afectuoso) y me sugirió que de una vez alquilase un carro para no tener que usar la camioneta de su tío. Alquilé un convertible blanco y lo seguí, él iba manejando la camioneta *pick up* roja de su tío.

Manejamos como una hora, la casa del tío estaba en una colina en las afueras de las afueras. Era una casa simple y espaciosa y muy californiana: en la sala, un televisor gigantesco; en el patio, la parrilla para hacer barbacoas; en los tres cuartos, igual número de enormes camas de agua.

El tío era calvo, bajito y con cara de mono, de mono amable. Me saludó con cariño y me dijo que estaba en mi casa.

Pero el dueño de la casa no parecía el tío sino Matías. El tío vivía encerrado en su cuarto, estaba golpeado por el divorcio, se la pasaba hablando por teléfono con su esposa, a veces se enfurecía y le gritaba y la insultaba (todo en inglés). Apenas salía de su cuarto para ir a hacer las compras, recoger el correo o comer algo al paso. No sé qué diablos hacía en su cuarto, pero vivía ahí metido, con la puerta cerrada.

Matías tampoco hacía gran cosa. Su tío le había ofrecido trabajo como camarero en el restaurante de un amigo, pero él (gran ocioso de toda la vida) le dijo que de mozo no iba a trabajar ni hablar, que prefería tomarse las cosas con calma y ver bien las oportunidades. O sea, lo que quería era vagar.

Eso sí, no faltaba al gimnasio. Se había inscrito en un gimnasio espectacular. Ese era Matías, su esencia: el gimnasio, las pesas, mirarse en el espejo, coquetear con las chicas en mallas, tomarse un jugo reparador después de endurecer su musculatura.

Matías me llevaba al gimnasio con él. Yo me sentía débil y torpe a su lado, pero era rico verlo fuerte, sudoroso, trabajando sus músculos. Aunque no tenía el mejor cuerpo del gimnasio, era el que más me gustaba a mí.

Yo pagaba todo, como siempre: los jugos del gimnasio, las compras del supermercado, las hamburguesas al paso, sus caprichos (un reloj Swatch, zapatillas, calzoncillos nuevos). No me molestaba, mientras él me tratase con cariño.

Matías me contó que su tío jalaba harta coca. Por eso lo habían botado de su trabajo. Trabajaba como ingeniero en American Airlines, revisaba el estado mecánico de los aviones, ganaba bien, hasta que un día le hicieron exámenes antidrogas y salió positivo. Él se defendió diciendo que no usaba drogas, que solo tomaba unos matecitos de coca muy reconfortantes que le mandaban del Perú. Le creyeron. Pero un tiempo después le volvieron a hacer los exámenes y de nuevo dio positivo y ya nadie le creyó el cuento del matecito de coca. Así fue como lo despidieron. Por suerte, no se quedó en la calle. Tenía su pensión de veterano de guerra. Había llegado muy joven a los Estados Unidos, sin papeles, sin plata, sin amigos, y se había metido como voluntario al ejército y lo habían mandado a pelear en Corea. Pasó dos años allá. Regresó vivo, entero, con una condecoración y la soñada *green card*. Ahora ya era ciudadano. No pensaba volver al Perú, *no way*.

Además, el divorcio con la gringa ricachona le iba a dejar un dinerillo provechoso. No había duda, el tío sabía sacar provecho de las situaciones adversas.

A Matías ya le picaba la nariz, extrañaba la rica coca de nuestra Lima natal. Cuando hablábamos de Lima recordábamos con cariño las grande juergas. Queríamos conseguir coca, pero, ¿cómo?

El tío era el hombre, no nos podía fallar.

Matías se atrevió una noche después del gimnasio. Entró al cuarto de su tío, y, diez minutos después, salió sonriente. El tío querendón no podía negarle coca a su sobrino. Eso sí, la coca en LA era cara. Matías me pidió cien dólares. Dijo que valía la pena. Era una coca de primera. El tío nos la dejaba baratísima.

Le di los cien y regresó con el paquetito de coca. Eso, en Lima, Aceituna me lo hubiese vendido por veinte dólares. Probablemente Matías le dio cincuenta al tío y él se quedó con los otros cincuenta.

No fue necesario comprar cervezas. Abrías la refrigeradora del tío y solo veías dos cosas: cerveza y leche. El tío vivía de coca, cerveza y leche.

Nos metimos una juerga que duró hasta la madrugada. Fue rico jalar coca, recordar los viejos tiempos. Extrañamos Lima, La Planicie, el Carmelitas, Villita, el hueveo de la Católica. Nos secamos las cervezas de la refrigeradora.

Tarde por la madrugada, Matías dijo que era hora de dormir. Fuimos a su cama de agua y nos tumbamos. Fue como rebotar en una nube. Me hundí, me mecí, pero no me adormecí.

Él no pudo dormirse y yo tampoco, estábamos demasiado duros, y acabamos meciéndonos en la cama de agua y hablando huevadas.

La noche siguiente quise volver a dormir en su cama de agua, pero él me dijo que quería dormir solo y me mandó al otro cuarto. No volví a dormir con él.

Lo que nos unía era la coca. Esos días que pasé en Long Beach estuve bien duro o estuve rebotando feo. Tan pronto como nos recuperábamos de la última juerga, ya estábamos jalando de nuevo. Porque el tío se convirtió en un gran proveedor. Yo ponía la plata y él la coca. Y jalábamos los tres: Matías, el tío y yo.

Eso sí, solo jalábamos cuando era de noche. De día, nunca. Era una ley del tío: en su casa nadie sacaba coca de día, los días eran para trabajar. Claro que nadie trabajaba, él se la pasaba peleando por teléfono con la ex esposa y batallando por cagar (tenía un problema crónico de estreñimiento, decía que a veces necesitaba un par de tiros para mover su estómago), mientras Matías y yo vagábamos como dos lagartos. Las noches de coca eran un espectáculo. Primero se nos unió el tío y luego se apareció el primo (el primo del tío, no de Matías).

El primo también era peruano y era bastante más joven que el tío. Tendría treinta y tantos, treinta y cinco años máximo (y uno podía calcular que el tío ya sobrepasaba los cincuenta).

Era obvio que el primo era narco. Me lo dijo Matías. No tenía que decírmelo. Era fácil adivinarlo. Se le notaba en la ropa blanca de lino, el Mustang amarillo, las cadenas de oro, la mirada de reptil.

El primo llegaba siempre con buena coca y con su buena gringa. La gringa era muy simpática. Hablaba poco (todos hablábamos en castellano y ella no entendía un carajo), pero, eso sí, jalaba más coca que nadie. Había sido modelo, ahora estaba tomando clases de buceo, no me pareció una buena combinación eso de bucear y jalar coca. Pensé *cualquier día colapsa en el fondo del mar esta gringa ricotona que estaría buena para una mamada*. Era buena gente la gringa, una joyita, una nariz muy competitiva, se veía que estaba enamorada del primo.

El plan de todas las noches era jugar cartas. La sesión comenzaba cuando llegaban el primo y su gringa mamona buceadora a eso de las nueve o las diez. Tragos, naipes, coca, música de fondo y a jugar. Jugábamos póquer, siempre apostando sumas modestas, claro.

El primo era un tiburón. No sé cómo hacía, pero al final, la plata se la llevaba él. Nadie se quejaba, porque él ponía casi toda la coca (aunque yo también contribuía con lo que me vendía el tío, que, por lo demás, estaba haciendo una fortuna conmigo).

Era rico aspirar coca y jugar cartas con esos hampones encantadores que el Perú había exportado hacia el sur de California. Uno sentía, entre tiro y tiro, entre trago y trago, que la policía podía llegar en cualquier momento y que todos iríamos presos por narcos, coqueros y ociosos sin cura.

La coca se dividía en líneas, se servía en un plato de porcelana, y cuando se acababa, se daba por terminada la sesión.

La gringa ponía la música, tenía una obsesión con Springsteen, debo de haber escuchado más de cien veces *Born in the USA* en los pocos días que pasé en esa colina californiana.

Dos cosas me obligaron a marcharme: la cantidad de plata que perdí por las noches, entre coca y apuestas, y la necesidad de volver a Santo Domingo a grabar mi pestilente programa.

Pero antes de que me fuese, el tío y el primo me propusieron (sin que Matías estuviese presente) un negocio.

El negocio, dijeron, era simple y seguro: yo le daba cinco mil dólares a un amigo de ellos en Lima y, un par de meses después, ellos me devolvían quince mil dólares.

Así de fácil. ¿Cómo así? El amigo de ellos era marino, iba a viajar a Los Angeles en el buque escuela de la marina peruana, les iba a llevar varios kilos de coca, todo lo que pudiese meter en el buque, y ellos la iban a vender en Los Angeles entre sus contactos latinos. Era un negocio del carajo, se iban a levantar mucha plata, no podía fallar, el buque de la marina peruana no lo revisaba nadie.

Sonaba demasiado bien. Dije que sí. Me dieron el teléfono del contacto en Lima. Tenía que llamarlo apenas llegara, sin perder tiempo, y solo darle la plata. El contacto ya sabía perfectamente para qué era la plata. Me convenía, decían acalorados el tío y su primo. Querían meterme en esto no para ganar plata conmigo sino porque me habían agarrado cariño, aseguraban.

No le dije nada a Matías, pero estaba seguro de que él sabía del negocio y se hacía el loco. Me fui de Long Beach más flaco y con poca plata. Me sentí un narco cuando me fui. Nunca me había sentido así, tan narco.

Al llegar a Lima llamé al contacto del primo y el tío. Le dije que tenía una plata para él de parte del tío (Pelón) y el primo (Coco). Me sugirió encontrarnos en una cebichería de Miraflores. Le expliqué cómo era yo físicamente para que pudiera reconocerme en la cebichería, pero me interrumpió.

—Claro, flaquito, yo te he visto en la tevé.

Llegué puntual y con la plata a la cebichería en la que me citó. El tipo me estaba esperando en la barra, tomándose un pisco sour. Era blanco, pecoso, pelirrojo. Parecía Archie, el de las tiras cómicas, solo que tenía los dientes manchados de nicotina y sus ojos delataban una vida de excesos. Me tomé una cocacola, hablamos de política y le di la plata discretamente.

—Suerte —le dije.

—Gracias, hermano, pero no hace falta, es negocio seguro —me dijo él, con una sonrisa.

Me sentí más narco todavía cuando llegué al hostal y llame al tío Pelón y le dije:

—El contacto ya tiene la plata.

Me prometió que en dos meses me mandaría un pasaje en primera para ir a Long Beach a recoger mis quince mil dólares.

Semanas después leí en los periódicos que habían encontrado coca en el buque escuela de la marina de guerra, que iba camino a Los Angeles. La historia era tan simple como el negocio fallido: el capitán del barco se había metido demasiada coca, el corazón le había reventado, estaba muerto. Investigando, oficiales de la marina habían encontrado kilos de coca escondidos dentro de latas que supuestamente contenían espárragos.

Por lo menos seis marinos de alta graduación estaban metidos en el asunto, era un escándalo del carajo, el buque venía de regreso hacia Lima.

Llamé al tío. Me contestó la grabadora. No le dejé un mensaje por miedo a que lo cogiesen a él también. Seguí llamando. Cuando la operadora me dijo que el número había sido desconectado, supe que nunca más iba a dar con el tío, ni el primo ni mi plata.

Treinta y siete

Estoy en Lima. Me he quedado sin plata. Gasté demasiado en Long Beach, todo lo que tenía en el banco lo perdí al dárselo al marino narco y para el próximo viaje a Santo Domingo todavía falta un mes.

Estoy debiendo una semana en el hostal. El cuerpo me pide coca. Tengo menos de cien dólares en la billetera. Mi cuenta en el banco está en cero.

Estoy jodido. Estoy quebrado. Si Dieguito estuviera en Lima, le pediría plata prestada. Pero está en Buenos Aires dándose la gran vida.

Mis padres. Ellos tienen que pagar. No les voy a dar el gusto de pedirles ayuda. No. Voy a coger la plata sin que se den cuenta.

Miro mi reloj: las once y pico de la mañana. Las mañanas son perfectas, no hay nadie en casa de mis padres. Levanto el teléfono, llamo, me contesta la empleada, *la señora no está, se fue a hacer sus compras en Wong y a misa de doce en María Reina*. *Perfecto*, pienso. Mi padre en el banco, mi madre en Wong, las empleadas limpiando la casa.

Tengo que hacerlo ahora mismo. Necesito plata. Necesito tronchos. Necesito coca. Alguien tiene que pagar. Ellos tienen que pagar.

Salgo del hostal (no miro al chico de la recepción, me

da vergüenza estar debiéndole una semana), tomo un taxi y voy a casa de mis padres.

Toco el timbre. Espero. Estoy tenso, mal dormido, me suena la barriga, no he tomado desayuno. La empleada mira por el ojito de la puerta.

—Soy yo, Gabriel —le digo—. Abre nomás.

Es Juana, la cocinera.

—Buenas, joven Gabriel —me dice.

Parece sorprendida de verme. Es baja, regordeta, amable, con unas ojeras añosas y un mandil blanco demasiado apretado.

¿Cuánto tiempo que no entro a casa de mis padres? No lo sé y no importa.

Pregunto por mi madre. Juana me dice que no está. *No importa, la espero*, digo. Me pregunta si quiero tomar algo. *Una limonada helada, por favor*.

Juana va a la cocina y no pierdo tiempo: subo las escaleras y voy al cuarto de mis padres. Entro y cierro con pestillo. Huele a mi padre, un olor a trago, a cigarro negro, a ajo. Veo sus pistolas y sus rifles en un mueble bajo llave y, colgadas en las paredes, sus fotos de cazador. En su mesa de noche hay una estampita de la Virgen. Cuando entra a su cuarto, mi padre suele darle un beso y luego se tira en la cama a ver cualquier tontería por la tele (le encantaban las peleas de mujeres boxeadoras).

La caja fuerte está cubierta por la mesa de noche. Cuántas veces he visto a mi padre abriéndola, sacando sus dólares, contándolos. Le gusta contar su plata, supongo que se siente poderoso.

Mi padre cree que nadie sabe la combinación (ni siquiera mi madre), pero yo antes de irme de la casa descubrí que la tenía apuntada en su agenda como si fuese el número de teléfono de un tal Carlos Fernández (CF = caja fuerte) y la memoricé.

Muevo la mesa de noche, ahí está la caja fuerte, ahí están los dolarillos que necesito. *¿Cuánto tendrás adentro, papá? ¿Cinco mil? ¿Diez mil? No me falles, necesito tu billete. Total, ¿en qué lo gastas tú, cabrón? ¿En putas de lujo que llevas al Sheraton? ¿En pistolas para defenderte de tus secuestradores imaginarios?*

Marco el número de Carlos Fernández. Lo recuerdo perfectamente: 51-14-22-08-86. *Ábrete preciosa. Mierda, no abre, estoy seguro de que esa era la combinación.* Trato de nuevo. *No me falles, papá. Mierda, nada.* Trato de abrir el cajón de su mesa de noche a ver si encuentro la agenda con la nueva combinación. No puedo, está con llave. El viejo es un paranoico; ni tonto, cambió la combinación y me jodí.

Le doy una patada a la caja fuerte con todo el odio que siento en ese momento hacia mi padre. Le doy una buena patada a esa plancha de acero.

Mierda, suena la alarma.

Empieza a sonar una alarma escandalosa por toda la casa.

Maldición, ya la cagué.

Pongo la mesa de noche en su sitio y salgo del cuarto haciéndome el tonto: a mí no me pregunten, yo no sé nada. Las empleadas están en la cocina, asustadas. *¿Qué pasa, joven?*, me preguntan. *¿Qué ha hecho para que suene la alarma del señor?*, me dicen, en tono de reproche. *Nada, nada*, digo, haciéndome el tonto. *Abrí el balcón del cuarto de mi papá y empezó a sonar la alarma. ¿Alguien sabe cómo se apaga? No sabemos, joven*, dicen ellas y me miran con desconfianza, saben que algo malo he hecho.

La alarma sigue sonando con estrépito chillón, un sonido que va a enloquecer al vecindario.

Vamos a llamar al señor, él debe saber cómo se apaga la alarma, dice una de las empleadas. Mientras buscan el teléfono de la oficina de mi padre, salgo discretamente de la cocina y pienso *de acá no me voy pelado, algo me llevo que me saque de pobre.*

Echo un vistazo a la sala y veo arriba, encima de un mueble de anticuario lleno de tacitas y cucharitas antiguas de colección, el plato de plata de la boda de mis padres, un plato grande, reluciente, una tentación irresistible.

La alarma sigue haciendo un escándalo; las empleadas hablan todas a la vez, alborotadas; *rápido, Gabriel, coge el plato y chau.*

Salgo a la terraza, bordeo la piscina, cojo una toalla, regreso a la sala, jalo una silla del comedor, me subo a la silla, descuelgo el plato de plata de mis padres y lo envuelvo con la toalla.

Listo, nadie me ha visto, ya tengo el botín.

Una de las empleadas ya está hablando con mi padre y yo ya estoy saliendo con el plato envuelto en la toalla. No hace falta decir *chau*. Todos van a saber que el plato lo robé yo.

Salgo de la casa. Escucho que una empleada me llama *joven, joven, su papá quiere hablar con usted*, pero me hago el sordo y camino rápido y, tras doblar la esquina, corro hacia la avenida Javier Prado y me detengo y camino más despacio porque más allá hay unos policías cuidando la casa de un ministro. No quiero que me lleven preso por ladrón, paso caminando a su lado, ni me miran.

Ya en la Javier Prado, me subo a un taxi y le digo que me lleve a la esquina de Shell con Diagonal. No quiero perder tiempo. Voy a vender el puto plato de una vez. *¿Cuánto le sacaré? Con suerte unos quinientos dólares, dudo que más.*

Mientras el chofer maneja rápido su Fiat Lada durísimo, abro la toalla que huele a mi padre y miro el plato. Brilla. Veo mi cara reflejada en él: mi cara desesperada, ojerosa, flaca, ansiosa de coca. Abajo hay una inscripción que dice «Para Patricia y Gabriel, en su vigésimo quinto aniversario de matrimonio. Lima, 12.VI.84».

Pienso *veinticinco años de matrimonio que voy a convertir en coca.* Será por eso que los curas dicen polvo eres y en polvo te convertirás.

El taxi me deja en el corazón de Miraflores. Sé que por ahí hay tiendas donde compran cosas de oro y plata. No piden factura. Todos los chiquillos putos y drogones de Lima pasan por ahí con las joyas de sus viejos, y ahora resulta que yo soy uno más.

Entro en una tienda, enseño el plato, lo miran, lo pesan, no me preguntan de dónde lo saqué, muy profesionales. Solo ruego que no me reconozcan de la tele, que me den mi plata rápido y ya. Me ofrecen doscientos dólares.

—¿Nada más?

—Nada más, flaquito. Es su peso en plata. Nosotros pagamos lo que pesa, no el acabado.

Cabrones, este plato debe costar mil dólares por lo menos. Salgo y me meto a otra tienda. Me ofrecen lo mismo, doscientos dólares. Son una mafia, todos están de acuerdo, jódanse.

Me meto en una tercera tienda. La mujer que me atiende mira el plato con cariño y me ofrece doscientos dólares.

—Imposible, vale mucho más —le digo.

—Sí, pero como es robado se deprecia —me dice ella, muy tranquila.

No está molesta ni asustada. Es evidente que está acostumbrada a negociar con ladronzuelos como yo.

—Lástima —le digo, y cojo mi plato.

—Máximo trescientos le puedo dar —dice ella.

A la mierda, lo quemo. Le doy el plato, me da mis dólares.

—Gracias, señora —le digo, y meto la plata en mi bolsillo.

—De nada, hijito —dice ella, y lee la inscripción del plato—: ¿Tu papá se llama Gabriel como tú?

Se me han helado los cojones, *esta vieja pendeja me había reconocido, Dios, qué vergüenza, espero que no mande una carta a Teleguía.*

—Hasta luego —digo, sin mirarla, y salgo rápido.

Chucha, qué momento *heavy.*

Paro un taxi y voy de frente a Torres Paz. Necesito un par de tiros para levantarme. *Maneja más rápido, rechucha. Y apaga esa radio horrorosa.*

Cuento la plata. Trescientos dólares. Perfecto. Con cien compro bastante coca y con los doscientos restantes me defiendo un tiempo.

Me bajo en Torres Paz, me acerco a la bodega, pido una bebida, chequeo el movimiento. Un zambito me hace una señal con los ojos. Cruzo la calle, me siento en una banca, lo espero. Se me acerca caminando con las piernas chuecas. Hablo:

—¿A cuánto el paco?

—¿Grande o chico?

—Grande.

—Grande, veinte.

—¿Veinte qué?

—Veinte dólares, pues, causita. Acá se trabaja al dólar nomás.

—Hecho, dame dos.

El zambito saca los paquetitos de su bolsillo. Le doy la plata, me da la coca. Listo. Camino rápido hasta la avenida, paro un taxi, voy al hostal.

El camino se me hace eterno, *qué ganas de meterme un par de tiros.*

Al llegar a mi cuarto, me echo en la cama, saco la

coca, prendo la tele, jalo cuatro tiros gordos de golpe y, sintiendo cómo me sube la coca al cerebro, cómo de pronto vuelvo a sentirme poderoso, listo, ganador, cómo la coca me devuelve la confianza en mí mismo, me digo *qué rico es vivir en Lima, carajo.*

Treinta y ocho

Micaela no merecía que le hicieran una cosa así.

Una noche vino llorando al hostal y me lo contó todo.

La historia era triste, sórdida y brutal.

Micaela había salido una noche tarde del Biz Pix. Eran como las dos y pico de la mañana. Estaba sola. Había tomado unas cervezas. Pero ella tenía buena cabeza. Estaba sobria. Cruzó la avenida Pardo. Caminó por la vereda del otro lado, la del Solari. El departamento de su mamá, donde ella vivía, quedaba dos cuadras más abajo, en la misma Pardo. Por eso había ido a pie al Biz Pix, siempre iba a pie, ¿para qué manejar tres cuadras y luego sufrir con el parqueo? De repente, una camioneta de la policía paró a su lado, una de esas camionetas color verde oscuro, de doble cabina, sin inscripciones ni sirenas, que no dicen que son de la policía, pero uno lo sabe o lo sospecha. Micaela ni se imaginó que la cosa era con ella, siguió caminando. Dos tipos bajaron de la camioneta, la llamaron. Ella se detuvo, asustada. Le dijeron que eran policías, le pidieron documentos. Eran dos sujetos con mala cara, cara de policías borrachos, de mafiosos, de coimeros. No estaban uniformados, tenían esas casaquitas que no son exactamente de cuero sino de algo más barato y brilloso. No le enseñaron ninguna credencial. *Documentos, señorita*, le pidieron. Micaela no tenía ningún documento, había salido sin cartera, ¿para qué ir con cartera a bailar sola al Biz Pix?, era una incomodidad, y en su cartera, la cartera que no llevaba consigo, estaban todos sus documentos: su brevete, su libreta electoral, su carnet universitario. Les dijo que no los tenía ahí, que los había dejado en su casa, que vivía allí nomás, cerquita, dos cuadras más abajo. Ellos le dijeron que era contra la ley andar sin documentos y que por eso tenían que llevarla a la comisaría. Micaela se asustó aún más. Notó que los tipos no la miraban a los ojos, que estaban nerviosos. Se dio cuenta de que apestaban a trago, que estaban borrachos. Les dijo que fuesen ahí nomás, a ese edificio dos cuadras más abajo, y que esperasen, que ella les iba a bajar los documentos al toque. Empezó a caminar rápido, alejándose de ellos, temblando de miedo. La llamaron, le dijeron que subiese a la camioneta, que ellos la iban llevar. Ella siguió caminando, les dijo *no, gracias*, prefería ir a pie porque el departamento estaba a un paso nomás. Entonces el tipo que se había quedado en el asiento del conductor aceleró de golpe y paró al lado de Micaela y los otros dos la agarraron y le gritaron *¡sube, carajo, gringuita, sin documentos no puedes andar por la calle!*, y la subieron por la fuerza al asiento de atrás. La sentaron al medio, entre los dos, y el tipo de adelante aceleró. Eran tres, la camioneta apestaba a trago, en el piso había botellas vacías. Llorando, muerta de miedo, Micaela les dijo que ella vivía allí nomás, en ese edificio, que por favor parasen para bajar sus documentos, pero el tipo de adelante siguió manejando y los de atrás le dijeron *cállate, gringuita, te vamos a llevar a la comisaría por indocumentada*. Micaela se dio cuenta de que estaba jodida, estaba en manos de tres buitres. Les pidió que no la llevasen a la comisaría, les juró que tenía sus documentos en su casa, les rogó que no le hicieran nada malo.

Cállate, gringuita, le decían los de atrás, agarrándola fuerte de las manos, mientras el de adelante manejaba a toda velocidad. Cuando tomaron la bajada hacia la playa, Micaela les preguntó a qué comisaría la estaban llevando. Entonces uno de los de atrás le agarró la mano y la puso en su bragueta y le dijo *a esta, mamita*, y el otro se rió como una hiena. Micaela lo había sospechado desde que la subieron por la fuerza a la camioneta: esos sujetos asquerosos no la iban a llevar a ninguna comisaría, querían abusar de ella. *Diosito, ayúdame, haz algo. Por favor, te lo ruego, no dejes que me hagan daño.* Iba callada, llorando, con los ojos cerrados, y los tipos de atrás, que la tenían agarrada de las manos, la manoseaban con sus manos gordas, cochinas, asquerosas.

Pararon en un descampado en la playa. Estaba todo oscuro. Micaela les rogó que no le hiciesen nada malo, les prometió darles toda la plata que quisieran si la llevaban a su casa. Pero ellos no le hicieron caso. Estaban borrachos Eran unos animales. Siguieron manoseándola, comenzaron a desvestirla. Ella se resistió, forcejeó, y entonces uno de ellos le tiró un par de cachetadas que la dejaron atontada.

Si no te dejas, te damos vuelta y te tiramos al mar, gringuita puta, le dijeron, enseñándole una pistola. Micaela se dio cuenta de que si seguía resistiéndose, la iban a matar. Les rogó que no le hicieran daño, que por favor no le hicieran nada malo, pero ellos le quitaron el polo, el sostén, los jeans y el calzón. La desnudaron ahí en el asiento de atrás, los dos tipos a su lado, el otro, el que manejaba, afuera, mirando por la ventana. La esposaron. Le taparon la boca. La violaron, riéndose, insultándola, diciéndole *puta, gringa puta, pituca de mierda, cómete mi rata*. La violaron los tres, uno por uno. Le dolió horrible, lloró y lloró y no abrió los ojos, y sintió como si le estuviesen metiendo un palo. Y rezó *Diosito, ¿por qué me haces esto?*,

¿por qué a mí?, ¿qué he hecho yo para merecer esto?, ¿por qué yo? No tenía idea de cuánto rato habían estado violándola, pudieron ser quince minutos como pudo ser media hora o una hora. Cuando terminaron, le quitaron las esposas, la bajaron desnuda de la camioneta, le dieron su ropa y le dijeron *si dices una palabra, te jodes, gringuita, te buscamos, te metemos más rata, te damos vuelta y te tiramos al mar.* Había uno, el más bajito, con aspecto de retrasado mental, que seguía insultándola con saña, con sevicia. Se agarraba la bragueta y le decía *¿te gustó mi rata, gringuita?, ¿te gustó mi rata?* Parecía un enfermo, un loco. Luego se subieron a la camioneta y se largaron. Micaela se puso su ropa toda cochina y manoseada. Pensó suicidarse ahí mismo. Meterse al mar y nadar hasta el fondo y zambullirse y tragar agua y hundirse con ese secreto asqueroso. Se sentía una rata, una rata, una rata. Se metió un poquito al mar pero no se atrevió a seguir. No tuvo valor. Fue cobarde. Miró el cielo y dijo *Dios, te odio.* Caminó zombi hasta la pista y se paró ahí. Un carro frenó y la recogió. Era un tipo solo. La vio llorando y le preguntó qué le había pasado. Micaela le dijo que nada, que por favor la llevase a su casa. El tipo se portó como un caballero, la acompañó hasta la puerta del edificio donde ella vivía. Micaela no quiso contarle nada. ¿Para qué? Aparte que se moría de miedo de hablar. Lo peor era que estaba sola en el departamento, su mamá y su hermana estaban de viaje. No bien entro, cerró la puerta con la barra metálica, llamó a su papá y le rogó que fuese corriendo. Su papa llegó en diez minutos, en piyama y zapatillas. Micaela le contó todo y vomitó. El papá no la llevó a la clínica por vergüenza. Se quedó con ella y juró que se iba a vengar: tenía amigos poderosos, iba a ubicar a esos cholos de mierda, los iba a matar a todos esos perros hijos de puta. Micaela y su papá juraron no contarle eso a nadie, a nadie. Al día siguiente, su papá habló con un ginecólo-

go amigo y consiguió unas píldoras abortivas. Micaela las tomó y le vino la regla. Desde esa noche había quedado traumada. No salía de su casa, se sentía cochina, se bañaba a cada rato, no podía dormir. Tenía las caras patibularias de esos tipos grabadas en su mente, sentía esas manos gordas y cochinas manoseándola. No podía seguir viviendo en Lima. Su papá había decidido mandarla a estudiar a Estados Unidos, se iba mañana temprano a Austin, Texas, donde vivía una tía suya, hermana de su papá, casada con un gringo millonario. No quería irse sin despedirse de mí. Me quería con toda su alma. Yo era como su hermano. La acompañé hasta la puerta de su departamento, abrazándola, diciéndole cosas bonitas al oído. Le rogué que me llamase de Austin, que me diese su teléfono, que no se perdiese. Le prometí que iría a verla. Nos abrazamos. Lloramos. *¿Por qué yo?*, dijo. La vi alejarse como si fuera una mujer rota, asqueada de sí misma. Pensé *Dieguito se fue a Buenos Aires, Matías se fue a Long Beach, Micaela se va a Austin, ya nada será igual sin ellos. Me iré a Santo Domingo y luego a Madrid y me quedaré en Madrid y escribiré una novela sobre ellos que tal vez titularé «Fue ayer y no me acuerdo».*

Índice

Alfaguara es un sello editorial del Grupo Santillana

www.santillana.com.co

Argentina
Avda. Leandro N. Alem, 720
C 1001 AAP Buenos Aires
Tel. (54 114) 119 50 00
Fax (54 114) 912 74 40

Bolivia
Avda. Arce, 2333
La Paz
Tel. (591 2) 44 11 22
Fax (591 2) 44 22 08

Chile
Dr. Aníbal Ariztía, 1444
Providencia
Santiago de Chile
Tel. (56 2) 384 30 00
Fax (56 2) 384 30 60

Colombia
Calle 80 No. 9-69
Bogotá
Tel. (57 1) 639 60 00

Costa Rica
La Uruca
Del Edificio de Aviación Civil 200 m al Oeste
San José de Costa Rica
Tel. (506) 220 42 42 y 220 47 70
Fax (506) 220 13 20

Ecuador
Avda. Eloy Alfaro, 33-3470 y Avda. 6 de Diciembre
Quito
Tel. (593 2) 244 66 56 y 244 21 54
Fax (593 2) 244 87 91

El Salvador
Siemens, 51
Zona Industrial Santa Elena
Antiguo Cuscatlan - La Libertad
Tel. (503) 2 505 89 y 2 289 89 20
Fax (503) 2 278 60 66

España
Torrelaguna, 60
28043 Madrid
Tel. (34 91) 744 90 60
Fax (34 91) 744 92 24

Estados Unidos
2023 N.W. 84th Avenue
Doral, F.L. 33122
Tel. (1 305) 591 95 22 y 591 22 32
Fax (1 305) 591 91 45

Guatemala
7ª Avda. 11-11
Zona 9
Guatemala C.A.
Tel. (502) 24 29 43 00
Fax (502) 24 29 43 43

Honduras
Colonia Tepeyac Contigua a Banco Cuscatlan
Boulevard Juan Pablo, frente al Templo
Adventista 7º Día, Casa 1626
Tegucigalpa
Tel. (504) 239 98 84

México
Avda. Universidad, 767
Colonia del Valle
03100 México D.F.
Tel. (52 5) 554 20 75 30
Fax (52 5) 556 01 10 67

Panamá
Avda. Juan Pablo II, nº15. Apartado Postal
863199, zona 7. Urbanización Industrial
La Locería - Ciudad de Panamá
Tel. (507) 260 09 45

Paraguay
Avda. Venezuela, 276,
entre Mariscal López y España
Asunción
Tel./fax (595 21) 213 294 y 214 983

Perú
Avda. Primavera 2160
Surco
Lima 33
Tel. (51 1) 313 4000
Fax (51 1) 313 4001

Puerto Rico
Avda. Roosevelt, 1506
Guaynabo 00968
Puerto Rico
Tel. (1 787) 781 98 00
Fax (1 787) 782 61 49

República Dominicana
Juan Sánchez Ramírez, 9
Gazcue
Santo Domingo R.D.
Tel. (1809) 682 13 82 y 221 08 70
Fax (1809) 689 10 22

Uruguay
Constitución, 1889
11800 Montevideo
Tel. (598 2) 402 73 42 y 402 72 71
Fax (598 2) 401 51 86

Venezuela
Avda. Rómulo Gallegos
Edificio Zulia, 1º - Sector Monte Cristo
Boleita Norte
Caracas
Tel. (58 212) 235 30 33
Fax (58 212) 239 10 51